K팝 듣는 경매꾼

문메달 북스

K팝 듣는 경매꾼

전세사기 응징자들

문준희 장편소설

[Team 러닝 리더]

강진혁 (36세 / 남)

- **신분:** 부동산 투자법인 '러닝' 대표 / 예비역 해병 2사단 통신 중사.
- **외모:** 운동으로 다져진 슬림 근육질. 슈트 차림에 항상 형형색색의 **한정판 러닝화** 착용. 목에는 블루투스 헤드셋.
- **성격:** "등기부등본 외엔 아무도 안 믿어." 냉철한 이익 추구형 경매꾼이지만, 20대 전세 사기 피해자(어머니의 투영) 앞에서는 계산기가 고장 나는 '츤데레'.
- **특기:**
  - **K팝 비트 매칭:** 상황에 맞는 K팝을 선곡해 심박수와 행동 속도를 조절함.
  - **압도적 도주력:** 싸움은 못 하지만, 서울 시내 어디든 달려서 도망칠 수 있는 파쿠르급 러닝 실력.
  - **하이퍼 리얼리즘 권리분석:** 법의 맹점을 파고드는 미친 분석력.

[Team 러닝 조력자 3인]

현장을 뛰고, 법으로 막고, 몸으로 버티고, 정보를 턴다.

1. 차수현 (38세 / 여)

- **역할:** 법률 방패 & 전략가.
- **특징:** 대형 로펌 '태산' 출신 변호사. 민태석의 뒤를 캐다 쫓겨난 후 진혁과 손잡음. 진혁의 불법적 행위를 기상천외한 법리로 방어함.
- **케미:** 진혁이 사고 치면 수습하며 등짝 스매싱을 날리지만, 누구보다 그를 신뢰함.

2. 마동철 (42세 / 남)

- **역할:** 탱커 & 드라이버.
- **특징:** 전직 용역 업체 팀장 출신. 진혁에게 빚을 갚기 위해 '인간 방패'가 됨. 무력 충돌 시 진혁을 보호하고, 기가 막힌 운전 실력으로 탈출을 도움.

3. 한가온 (23세 / 남)

- **역할:** 정보원 & 디지털 키.
- **특징:** 진혁이 거둬준 고아 출신 천재 해커. 드론 조종, CCTV 무력화, 차명 계좌 추적 담당. MZ식 유머로 팀의 활력소.

[히든 카드 & 멘토]

이예은 (24세 / 여)

- **역할: 여론전 담당.** (구독자 20만 뉴스레터 '꿀팁 예은' 에디터)
- **특징:** 전세사기의 피해자(대학생). 진혁에게 구해진 후, 빌런 유튜버 '부동산 갓파더'의 가짜 뉴스에 맞서 **팩트 기반의 뉴스레터와 숏폼**으로 여론을 반전시키는 결정적 역할을 함. (비중은 낮으나 임팩트 있음)

김민재 (40대 / 남)

- **역할: 정신적 지주.** (전직 통신장교 김 중위)
- **특징:** 강화도에서 낚시터를 운영하며 은둔 중. 진혁이 멘탈이 흔들리거나 거대한 판을 읽어야 할 때 전화로 묵직한 조언을 던짐.

[빌런 카르텔 (악의 축)]

민태석 (60대 / 남)

- **직업:** 강남구청장 (재건축의 신).
- **악행:** 권력을 이용해 재건축/재개발 정보를 조작하고, 하부 조직을 통해 전세 사기 및 인력 착취를 자행함. 진혁의 어머니를 죽게 만든 원흉.

최미자 (40대 후반 / 여)

- **직업:** 인력사무소 및 대부업체 '마담 최'.
- **악행:** 사기 피해 청년들을 자신의 유흥업소나 공사판으로 팔아넘겨 임금을 갈취함. 차수현 변호사의 숙적.

박동수 (30대 / 남)

- **직업:** 유튜버 '부동산 갓파더'.
- **악행:** 민태석의 설거지 매물을 개미들에게 떠넘기는 바람잡이.

목차

PART
1

입찰 : 판을 깔다

등기부 위의 아이돌(Feat Supernova)

양쪽 귀에 에어팟 맥스를 착용했다. 노이즈 캔슬링 On. 지저분한 세상의 소음이 단숨에 지워진다. 그 인위적인 정적의 틈을 베이스가 치고 들어온다.

♩ 톡, 톡, 토독 ♬ 터진다. 에스파(aespa)다. 차가운 금속음이 신경을 찌른다. 반복되는 비트의 중독. 심박수는 120bpm. 정밀하게 동기화 완료. 리듬이 온몸을 지배하기 시작한다.

나는 고개를 숙여 신발 끈을 조였다. 나이키 알파플라이 3. 마라톤 선수들이나 신는다는 카본 플레이트 러닝화다. 30만 원이 넘는 고가지만 아깝지 않다. 내 생명 보험료나 마찬가지니까. 콘크리트 바닥을 차고 나갈 준비는 끝났다.

"강 대표, 저 새끼들 연장 들었는데? 그냥 밀어버릴까?"

운전석의 마형님이 백미러를 보며 혀를 찼다. 마동철. 내 회사의 유일한 '물리력' 담당이다. 차창 밖으로 낡은 5층 상가 건물이 보인다. 입구에는 '천광교(天光敎) 부흥회'라는 현수막이 펄럭였고, 그 아래 깍두기 머리 셋이 서성거린다. 놈들의 손에 들린 건 녹슨 쇠파이프. 표정엔 '오기만 해봐라, 바로 담가버리겠다'는 살기가 역력하다.

나는 고개를 저었다.

"아니요. 견적 안 나와요. 형님은 그냥 입구 컷만 해주세요."

"그럼 너는?"

"저는 사인만 받아 올 겁니다."

서류 가방은 필요 없다. 내 무기는 한 손에 든 아이패드 하나면 충분하다. 이건 싸움이 아니다. 명도(明渡)다. 법적으로 내 소유가 된 땅에서, 불법 점유자들을 내보내는 아주 합법적인 술래잡기.

[형, 드론 띄웠어. 옥상 문 열려있음. 3층 계단에 두 명 더 있고, 교주 방은 4층 안쪽이야.]

헤드셋 너머로 가온이의 목소리가 들린다. 한가온. 내 회사의 '눈'이다. 나는 심호흡을 했다. 매연 냄새. 그리고 긴장감.

사건번호 2025 타경 4885. 감정가 20억, 유찰 3회, 최저가 10억.

아무도 거들떠보지 않던 이 썩은 건물의 주인은, 오늘부터 나다.

"가시죠."

마형님이 엑셀을 밟았다. 검은색 카니발이 굉음을 내며

건물 입구로 돌진했다.

끼이익! 타이어 타는 냄새와 함께 차가 멈춰 서자, 깍두기들이 기겁하며 물러섰다. 마형님이 차 문을 열고 내렸다. 곰 같은 등판이 입구를 가득 채웠다.

"아따, 날씨 좋네. 여기 주차가 왜 이따위야!"

마형님이 고함을 지르며 놈들의 시선을 끄는 순간. 나는 조수석 문을 박차고 나갔다.

♪ 슈우욱. ♬ 따따단 따다. 카리나의 보컬이 귓가에서 터진다. ♩ 차갑고 투명한 섬광. 고막이 꿰뚫린다. 전율. 그 자체. ♪ 동시에 내 다리 근육이 수축했다가 팽창한다.

"어? 저 새끼 뭐야!"

놈들 중 하나가 뒤늦게 나를 발견하고 파이프를 휘둘렀다. 느리다. 나는 상체를 숙여 파이프를 피하고, 놈의 겨드랑이 사이를 파고들었다. 싸울 생각은 없다. 내 목표는 입구가 아니라 건물 외벽에 붙은 가스 배관이다.

타닥, 탁. 러닝화의 밑창이 벽돌을 움켜쥐었다. 나는 배관을 잡고 원숭이처럼 순식간에 2층 난간으로 뛰어올랐다.

"야! 잡아! 저거 잡아!"

아래에서 고함이 들렸지만 이미 늦었다. 나는 2층 창문을 넘어 복도로 굴러 들어갔다. 먼지 구덩이 속에서도 음악은 멈추지 않는다. 비트가 빨라진다. 나도 빨라진다.

[3층 계단 조심해. 놈들 내려간다.]

가온이의 경고. 나는 계단 난간을 잡고 몸을 날렸다. 계단을 밟는 대신 난간을 미끄럼틀처럼 타고 3층을 건너뛰었다. 놈들의 성수리가 발아래로 휙 지나갔다.

"뭐야? 방금 뭐 지나갔냐?"
"귀신인가?"

귀신 아니다. 낙찰자다, 이 새끼들아. 4층. '대제사장 집무실'이라는 금색 팻말이 보인다. 문 앞에는 덩치가 산만한 놈이 팔짱을 끼고 졸고 있다. 이번엔 피할 길이 없다.

[형, 10미터 전. 어떻게 할 거야?]

볼륨을 끝까지 올렸다. ♩ 톡, 톡, 토독 ♬ 경쾌한 파동이 전신을 훑는다. 음표들이 공중으로 가볍게 튀어 오른다. ♪ 따따따, 단 ♩ 중력을 무시하는 선율의 도약. 리듬에 탄력이 붙는다. ♬ 슈우욱, 팟 ♪ 고막을 타고 흐르는 투명한 비트의 물결. 심장이 박자를 갈아치운다. ♩ 탄, 탄, 타-단 ♬ 나는 달리는 속도를 줄이지 않았다. 오히려 더 강하게 땅을 밀어냈다. 덩치가 인기척을 느끼고 눈을 떴을 때, 나는 이미 공중에 떠 있었다.

드롭킥? 아니다. 나는 놈의 어깨를 뜀틀처럼 짚고 도약했다. "억!" 하는 소리와 함께 놈이 중심을 잃고 쓰러졌다. 나는 놈의 등을 밟고 그대로 문을 박차고 들어갔다.

쾅!
집무실 안은 향냄새로 가득했다. 금빛 도포를 입은 중년

사내, 자칭 '천광교' 교주가 화들짝 놀라며 먹던 짜장면 그릇을 엎었다. 벽에는 '유치권 행사 중'이라는 글자가 붉은 락카로 칠해져 있었다.

"누, 누구냐! 여긴 신성한 성역이다! 감히 신의 사자에게…!"

교주가 젓가락을 든 채 삿대질을 했다. 나는 가쁜 숨을 몰아쉬며 에어팟 맥스를 목으로 내렸다. 음악이 멈추고 정적이 찾아왔다. 나는 땀을 닦으며 씩 웃었다.

"신? 웃기고 있네."

나는 아이패드를 켜서 놈의 면전에 들이밀었다.

"부동산 인도 명령 결정문입니다. 법원에서 왔고요."
"뭐, 뭐?"
"당신네 '신'이 월세를 2년이나 밀렸더라고요. 보증금은 이미 다 까먹었고."

나는 집무실 구석, 커다란 불상 뒤쪽을 가리켰다. 가온이가 해킹한 도면에는 저기에 공간이 있다고 했다.

"그리고 저 불상 뒤에 금고. 그것도 압류 대상입니다. 불법 기부금 횡령 증거도 저기 있죠?"

교주의 얼굴이 하얗게 질렸다. 그는 상황 파악이 안 되는지 뒤늦게 비상벨을 누르려 했다. 하지만 그때, 창문이 깨지며 드론 한 대가 윙윙거리는 소리와 함께 날아들어 왔다. 드론 카메라가 교주의 얼굴을 정면으로 찍고 있었다.

[방송 송출 중입니다, 교주님. 신도들이 보고 계세요.]

드론 스피커에서 가온이의 장난스러운 목소리가 흘러나왔다. 교주는 털썩 주저앉았다. 나는 주머니에서 꼬깃꼬깃한 서류 한 장과 인주를 꺼냈다.

"자, 여기 '점유 이전 금지 가처분' 확인서에 지장 찍으세요. 깔끔하게 나가시면 경찰엔 안 넘깁니다."

"너… 너 이단이지? 사탄의 자식이지?"

"아니요."

나는 다시 에어팟을 귀에 꽂으며 대답했다.

"경매꾼인데요. K팝을 좀 좋아하는."

♩ 뺨, 뺨, 빠밤. ♬ 휘몰아치는 예열. 다시 음악이 흐른
다. 공기가 팽팽하게 당겨진다. 리듬의 도발. 가볍게, 스텝
을 밟는다. 도장은 받았고, 명도는 끝났다. 창밖을 보니 마
형님이 놈들을 정리하고 손을 흔들고 있었다. 오늘의 러닝
은 이걸로 완료다.

죽음의 전세 계약서

이태원 우사단로. 일명 '이슬람 사원 길'. 서울 한복판이지
만 시간이 멈춘 동네다. 좁은 골목을 사이에 두고 100억짜
리 단독주택과 보증금 500짜리 쪽방이 등을 맞대고 있다.
욕망과 절망이 가장 가까이 붙어 있는 곳.

나는 가파른 언덕길을 뛰어서 올랐다. 숨이 턱 끝까지 차
오르지만, 멈추지 않는다. 오늘의 BGM은 **뉴진스(New
Jeans)의** 〈Ditto〉. 몽환적인 비트가 거친 숨소리와 섞인다.

♩ 타타타, 탄. ♫ 심장을 정조준한 연타. 박자가 신경을

타고 흐른다. 주저할 이유는 없다. 버릴 것은 이미 다 버렸다. ♬ 단, 단, 다단. ♩ 거칠 것 없는 속도감. 이 리듬 위에 서라면, 어디까지든 갈 수 있다.

나는 재개발 구역 한가운데 있는 낡은 3층짜리 다가구 주택 옥상에 도착했다. 이 건물은 다음 달 경매 개시 결정이 내려질 예정이다. 권리 분석을 위해 현장 임장(臨場)을 나온 참이다. 녹슨 철문을 열고 옥상 난간으로 다가갔다. 여기서 내려다보면 한남동 재개발 구역의 '견적'이 한눈에 들어온다.

"뷰는 10억짜리네. 건물은 똥값이지만."

나는 난간에 기대 땀을 닦으며 중얼거렸다. 그런데, 뷰를 가리고 있는 게 있었다.

사람이다. 옥상 난간 끝, 위태롭게 걸터앉아 있는 여자의 뒷모습. 헐렁한 후드 티에 트레이닝 바지. 바람에 흩날리는 머리카락. 그녀의 손에는 스마트폰이 아니라, 꼬깃꼬깃한 종이 뭉치가 들려 있었다.

나는 꽂고 있던 에어팟의 왼쪽 유닛을 뺐다. 음악이 끊기고, 도시의 소음과 바람 소리가 들려왔다.

"저기요."

내가 불렀다. 여자가 흠칫하며 돌아봤다. 20대 초중반? 퉁퉁 부은 눈. 초점 없는 눈동자. 금방이라도 뛰어내릴 것 같은 위태로운 눈빛이었다.

"거기, 내 땅 될 곳인데. 함부로 떨어지면 곤란합니다."
"……네?"
"특수청소비 비싸거든요. 낙찰가 떨어져요."

일부러 재수 없게 말했다. 그래야 정신을 차리니까. 여자는 기가 막힌다는 표정을 짓더니, 다시 울먹거렸다.

"오지 마세요. 그냥… 다 끝났으니까."
"뭐가 끝나요? 인생? 아니면 돈?"

나는 천천히, 하지만 거침없이 그녀에게 다가갔다. 여자가 쥐고 있는 종이 뭉치가 눈에 들어왔다. [**부동산 임대차 계약서**]. 역시나. 이 동네 옥상에 올라오는 청춘들의 사연은 뻔하다. 사랑 아니면 돈인데, 저런 서류를 들고 있다면 100% 돈이다.

"그거 전세 계약서죠?"

"……."

"보증금 얼마 날렸습니까? 1억? 1억 5천?"

"……1억 2천이요."

여자가 입술을 깨물며 대답했다.

"대출까지 받았는데… 집주인이 연락이 안 돼요. 오늘 아침에 보니까 이미 압류 딱지가 붙어있고… 부동산 아저씨도 사라졌고……."

전형적인 패턴이다. 신축 빌라, 갭투자, 바지 임대인, 잠적. 대한민국에서 20대를 지옥으로 보내는 가장 쉬운 방법.

"줘 봐요."

"네?"

"죽을 때 죽더라도, 그게 사기인지 아닌지는 알고 죽어야 억울하지 않을 거 아닙니까."

나는 여자의 손에서 계약서를 낚아챘다. 여자는 저항할 힘도 없는지 순순히 뺏겼다. 계약서를 훑어봤다. 임대인 이름 '김철수'. 흔한 이름이다. 하지만 특약 사항이 수상했다.

〈임대인은 임차인의 전세 자금 대출에 적극 협조한다. 단, 신탁 등기 말소는 잔금 지급과 동시에 이행한다.〉

"신탁 등기."

내가 읊조렸다.

"네? 그게 무슨······."

"집주인이 집을 담보로 신탁 회사에 돈을 빌려 썼다는 얘 깁니다. 이 집, 김철수 씨 거 아니에요. 신탁 회사 거지. 당신은 권한 없는 사람하고 계약한 거고."

"그, 그럴 리가 없어요! 공인중개사가 안전하다고, '부동산 갓파더'라는 유명한 유튜버도 추천한 매물이라고……!"

'부동산 갓파더'. 그 이름을 듣는 순간, 내 미간이 구겨졌다. 어디선가 들어본 이름이다. 아니, 단순히 들어본 게 아니라 내 '블랙리스트'에 있는 놈이다.

나는 주머니에서 아이패드를 꺼내 해당 번지수의 등기부등본을 실시간으로 뗐다.

[갑구: 소유권 이전 — 주식회사 미래하우징 (신탁재산 귀속)]

[을구: 근저당권 설정 – 미래행복대부]

'미래행복대부'. 순간, 등줄기에 서늘한 감각이 스쳤다. 10년 전, 우리 엄마를 죽음으로 몰고 갔던 그 기획 부동산의 자금줄. 이름만 바꿨지 놈들이다.

"하."

헛웃음이 나왔다. 그저 지나가던 길이었는데. 재수 없게도, 밟아서는 안 될 지뢰를 밟은 기분이다. 아니, 어쩌면 이건 지뢰가 아니라 신호탄일지도 모른다.

나는 고개를 들어 멍하니 나를 보는 여자를 봤다. 그녀의 얼굴 위로, 10년 전 월세 보증금을 날리고 울고 있던 엄마의 얼굴이 겹쳐졌다. 젠장. 이러면 못 지나치잖아.

나는 계약서를 접어 내 재킷 안주머니에 넣었다.

"내려와요."

"네? 제 계약서…….."

"죽지 마요. 그 돈, 내가 찾아줄 테니까."

여자의 눈이 커졌다.

"당신… 뭐 하는 사람인데요?"

나는 다시 왼쪽 귀에 에어팟을 꽂았다. *Ditto*의 후렴구가 다시 흐르기 시작했다.

"나? 떼인 돈 받아주는 사람. 수수료는 비싼데, 당신한테는 특별히 외상으로 해줄게."

나는 옥상 난간에서 손을 뻗었다. 여자가 떨리는 손으로 내 손을 잡았다. 차가운 손이었다.

"이름이 뭐예요?"
"이예은이요……."
"좋아, 예은 씨. 일단 밥부터 먹으러 갑시다. 뛸 힘은 있어야 복수를 하든가 말든가 하지."

나는 그녀를 데리고 옥상을 내려왔다. 등 뒤로 보이는 한남동의 화려한 저택들이 유난히 역겹게 번들거렸다.
오늘부로, 내 플레이리스트가 바뀔 것 같다. 조금 더 시끄럽고, 조금 더 공격적인 곡으로.

괴물들이 만든 것들 (Feat Monster)

새벽 1시. 이태원 우사단로.

비가 내린다. 하늘에 구멍이라도 뚫린 듯 쏟아진다. 이태원 메인 도로의 네온사인은 빗물에 번져 몽환적으로 빛나지만, 내가 서 있는 이곳은 칠흑 같은 어둠뿐이다. 재개발 구역. 사람들이 떠나고, 가로등마저 꺼진 도시의 흉터.

나는 후드를 뒤집어쓰고 골목길을 걸었다. 진흙탕이 러닝화를 적신다. 찝찝하다. 하지만 멈출 수 없다. 확인해야 할 게 있다. 낮에 만난 이예은이 살던 집. 그리고 그녀를 죽음으로 몰고 갈 뻔했던 그 빌라. **[해피 빌라]**. 이름 한번 역설적이다. 행복은커녕 불행만 가득한 콘크리트 덩어리 주제에.

건물 앞에 섰다. 입구에는 노란색 '출입 금지' 테이프가 X자로 쳐져 있다. 창문은 깨져 있고, 벽에는 붉은색 락카로 **'철거'**, **'유치권'**, **'개새끼'** 같은 단어들이 어지럽게 쓰여 있다. 누군가의 절규이자, 저주다.

나는 주머니에서 에어팟을 꺼냈다. 이런 곳에 맨 정신으로 들어가는 건 사양이다. 귀신? 그런 건 안 무섭다. 무서운 건 이곳에 배어 있는 가난과 절망의 냄새다. 그 냄새를 지우려면 강렬한 비트가 필요하다.

EXO(엑소)의 〈Monster〉. 쿵, 쿵, 쿵— 콰앙! 머릿속이 하얗게 점멸하는 압도적인 광기가 신경줄을 낚아챈다. 타타타타, 탁—! 타타타타, 탁—!

비트가 터진다. 심장 박동을 130bpm으로 올린다. 나는 테이프 밑으로 몸을 숙여 들어갔다. 현관문은 잠겨 있지 않다. 이미 털릴 대로 털려서 잠글 필요도 없는 거다.

1층 복도. 우편함이 토해내듯 고지서들을 뱉어내고 있다. 전기 요금, 수도 요금, 카드 명세서, 법원 등기. 수취인 불명. 이사 불명. 주인 없는 종이들이 바닥에 널려 빗물에 젖어 있다.

나는 계단을 올랐다.

삐걱, 삐걱. 오래된 건물의 관절이 비명을 지른다. 센서 등은 나간 지 오래다. 휴대폰 플래시를 켰다. 하얀 빛줄기가 어둠을 가른다. 먼지가 춤을 춘다. 벽에 핀 검은 곰팡이가 벽화처럼 번져 있다. 습하다. 폐가 썩을 것 같은 공기다.

201호. 이예은이 계약했다던 그 집이다. 도어락은 배터리가 나가 먹통이다. 하지만 문은 꽉 닫혀 있다. 안에 아무도 없을까? 서류상으로는 '공실'이다. 임차인들은 보증금을 날리고 다 쫓겨났으니까.

나는 문고리를 잡았다. 잠겨 있다. 가방에서 망치를 꺼낼까 하다가, 주머니 속 얇은 플라스틱 카드를 꺼냈다. 문틈 사이로 카드를 밀어 넣었다. 익숙한 감각. 툭, 하고 걸리는 느낌. 손목을 비틀어 밀었다.

딸깍. 문이 열렸다.

"실례합니다. 야간 점검 나왔습니다."

아무도 없는 허공에 중얼거렸다. 방 안으로 들어섰다. 텅 비어 있다. 가구도, 가전도 없다. 바닥에는 전단지와 쓰레기만 굴러다닌다. 그런데. 냄새가 난다. 곰팡이 냄새 사이로, 미미하게 섞여 있는 냄새. **라면 냄새.**

누군가 있다. 나는 플래시를 낮췄다. 발소리를 죽였다. 음악 소리를 조금 줄였다. 주변 소음을 듣기 위해.

바스락. 안방 쪽이다. 쥐새끼인가? 아니면 노숙자? 어느 쪽이든 반갑지 않다.

나는 천천히 안방 문으로 다가갔다. 손에 쥔 플래시를 몽둥이처럼 고쳐 잡았다. 심호흡. 하나, 둘, 셋. 확, 문을 열어 젖혔다.

"누구야!"

플래시를 비췄다. 빛이 닿은 곳. 방구석. 낡은 침낭 하나가 놓여 있다. 그리고 그 위에서, 누군가 소스라치게 놀라며 몸을 일으켰다. 남자가 아니다. 깡패도 아니다. 교복 바지를 입은 소년이다. 고등학생? 아니, 가출 청소년인가.

"으, 으악! 오지 마요!"

소년이 손에 들고 있는 것을 휘둘렀다. 커터 칼이다. 날이 녹슬어 있다. 손을 벌벌 떨고 있다. 눈빛은 공포에 질려 있다. 나는 양손을 들어 보였다.

"진정해. 빚 받으러 온 거 아니니까."

"거짓말! 저번에도 그랬잖아! 용역이지? 나가! 여기 내 집이야!"

소년이 악을 썼다. 내 집? 이 썩어가는 빌라가? 나는 한숨을 내쉬었다.

"학생. 여기 경매 넘어간 거 알지? 여기서 자다가 걸리면 주거 침입이야."

"알아요! 아니까… 아니까 조용히 살잖아요……."

소년의 목소리가 기어 들어갔다. 그의 옆에는 뜯다 만 컵라면 용기와 편의점 빵 봉지가 흩어져 있었다. 전기도, 가스도 끊긴 냉골 방에서, 휴대폰 불빛 하나에 의지해 버티고 있었던 거다.

"부모님은."

"……없어요. 연락 안 해요."

"이 집, 어떻게 알고 들어왔어?"

소년이 침낭 밑에서 꼬깃꼬깃한 종이를 꺼냈다. 전단지다.

[보증금 100 / 월세 20. 즉시 입주 가능. 신용 불량자 환영.]

연락처는 대포폰 번호. 전형적인 '방 쪼개기' 사기 매물이다. 경매 넘어가기 직전의 집에 헐값으로 사람을 들여, 마지막까지 월세를 빨아먹는 수법.

"이거, 사기야. 수인은 이미 도망갔고."

"알아요. 들어와서 일주일 만에 딱지 붙었으니까."

"근데 왜 안 나갔어?"

"갈 데가… 없으니까요. 보증금 100만 원, 알바해서 모은 전 재산이었는데……."

소년이 고개를 떨궜다. 화가 치밀어 올랐다. 민태석, 그리고 그 하수구들. 놈들은 1억짜리 전세만 사기 치는 게 아니다. 갈 곳 없는 아이들의 코 묻은 돈, 단돈 100만 원까지 알뜰하게 빨아먹고 있었다. 이건 투기가 아니다. 사람을 죽이는 거다.

나는 에어팟의 볼륨을 다시 높였다. 쿵— 쿵— 쿵— 탓! 심장 가장 깊숙한 곳을 날카롭게 파고드는 비정한 금속음의 연타. 슈우욱, 팟—! 콰르르르!

그래. 놈들은 괴물이다. 그렇다면 나도 괴물이 되어야 한다. 놈들을 잡아먹을 더 지독한 괴물.

나는 지갑을 꺼냈다. 현금이 30만 원 정도 있다. 전부 꺼내서 소년의 침낭 위에 던졌다.

"나가."

"……네?"

"찜질방을 가든 고시원을 가든, 여긴 아니야. 이 건물, 내일이면 깡패들이 들이닥칠 거야."

"아저씨는… 누구예요?"

소년이 눈을 동그랗게 뜨고 물었다. 나는 후드를 고쳐 썼다.

"나? 이 건물 접수하러 온 사람."

나는 뒤돌아섰다. 소년이 뭐라 더 말하려 했지만, 듣지 않았다. 들을 필요가 없다. 내가 해야 할 일은 위로가 아니니까.

빌라 밖으로 나왔다. 여전히 비가 쏟아진다. 하지만 더 이상 춥지 않다. 속에서 뜨거운 것이 끓어오른다.

나는 건물을 올려다봤다. 어둠 속에 잠긴 [해피 빌라]. 창문마다 깨진 유리조각이 이빨처럼 번들거린다. 저 안에 또 얼마나 많은 유령들이 숨죽여 울고 있을까.

주머니 속 폰을 꺼냈다. 가온이에게 문자를 보냈다.

[타겟 확인. 민태석의 꼬리, 확실하게 밟았다. 내일부터 전력으로 간다.]

나는 빗속을 달리기 시작했다. 진흙탕이 튀어 올라도 상관없다. 이제 망설임은 없다. 괴물을 잡으러 가는 길이다.

명심하겠습니다

사무실 소파에는 이예은이 새우잠을 자고 있다. 울다가 지쳐 쓰러진 꼴이 꼭 10년 전의 나 같다. 나는 담요를 대충 던져주고 모니터 앞으로 돌아왔다.

새벽 2시. 내 사무실 '러닝'의 조명은 꺼지지 않는다. 블루투스 스피커. BTS의 〈Black Swan〉이다. ♩ 둥, 둥, 둥-. ♫ 깊고 낮은 트랩 비트가 바닥을 긁는다. 가라앉은 내 속마음. 그 어두운 틈새로 소리가 비집고 들어온다. ♫ 단, 단, 다단. ♩ 음울한 선율이 내 우울과 템포를 맞춘다. ♪ 빰, 빰, 빠밤. ♫ 박자가 심장의 박동을 갈아치운다. 기분 좋게 늪 속으로 가라앉는 기분. 그렇게, 세계와 동기화된다.

나는 아이패드 화면을 노려봤다. 이예은의 전세 계약서, 그리고 등기부등본. '김철수'라는 바지 임대인의 뒤에 숨은 신탁 회사. 그 신탁 회사의 지분을 가진 대부업체 '미래행복대부'. 나는 그 법인의 폐쇄 등기부까지 싹 다 긁어모았다. **[탱크옥션]** 사이트에 접속해 과거에 신탁공매로 나왔던 매물까지 찾아내, 마치 양파 껍질을 까듯, 껍데기 회사를 하나씩 벗겨냈다.

[미래행복대부 —〉 ㈜골드홀딩스 —〉 ㈜태성개발]

마지막 이름, '태성개발'을 보는 순간. 마우스 휠을 내리던 내 오른손이 딱 멈췄다. 손끝이 미세하게 떨리기 시작했다. 처음에는 경련인 줄 알았다. 하지만 곧 손 전체가 제멋대로 춤을 췄다.

"……하."

나는 왼손으로 오른손목을 꽉 움켜쥐었다. 식은땀이 등줄기를 타고 흘렀다. 호흡이 가빠진다. 음악 소리가 웅웅- 거리는 이명(耳鳴)으로 변했다.

기억하고 싶지 않은 영상이 뇌 내 스크린에서 자동 재생된다. 비 오는 고속도로. 찌그러진 경차. 피 흘리는 엄마. 그리고 장례식장에 찾아와 "법대로 한 거니 돈 내놓으라"며 행패를 부리던 용역들. 그들의 조끼에 박혀 있던 로고. **〈(주)태성개발〉.**

그 놈들이다. 이름만 바꿔가며 대한민국을 갉아먹는 기생충들. 10년이 지났는데, 놈들은 더 거대해졌고 나는 여전히 그날의 빗속에 갇혀 있다.

덜덜덜. 손 떨림이 멈추지 않는다. 책상 위의 커피 잔이 달그락거릴 정도다. 나는 급하게 책상 서랍을 열었다. 안쪽 깊숙한 곳, 갈색 약병이 굴러다닌다. 신경안정제와 수면유도제. 의사가 정해준 용량은 하루 한 알이다. 나는 손바닥에 세 알을 털어 넣고 물도 없이 씹어 삼켰다.

쓰다. 식도 타는 느낌과 함께 약기운이 퍼지자, 거짓말처럼 떨림이 잦아들었다.

지잉- 지잉-

책상 위 스마트폰 진동이 정적을 깼다.

발신자: [김민재 중위님].

이 시간에 전화할 사람이 아니다. 나는 마른세수를 하고 통화 버튼을 눌러 스피커폰으로 전환했다.

"충성. 안 주무십니까."

[……강 중사.]

수화기 너머로 들리는 파도 소리. 그리고 김민재의 무거운 목소리.

[너, 아직도 그 약 먹냐?]

나는 흠칫했다. CCTV라도 달아났나.

"끊었습니다. 아주 가끔, 비타민처럼 먹습니다."

[웃기지 마. 네 목소리, 지금 젖어 있어. 약 기운 돌 때 나오는 그 톤이야.]

귀신같은 양반. 맞다. 내가 군복을 벗은 이유. 전역하고 싶어서가 아니었다. 쫓겨난 거다. 어머니 장례를 치르고 부대에 복귀했지만, 제정신이 아니었다. 밤마다 총구를 입에 물었고, 맨 정신으로는 근무를 설 수 없어 군 병원에서 처방받은 향정신성 약물을 사탕처럼 씹어 먹었다. 결국 약물 오남용과 불안 장애로 인한 '현역 부적합 심사'. 불명예스러운 강제 전역이었다. 그때 내 변호를 맡아주려 애썼던 게 김민재 중위였고.

[적당히 해라. 너 그러다 진짜 죽어.]
"걱정 마십쇼. 저 오래 살 겁니다. 할 일이 남아서요.
[……할 일?]

김민재가 한숨을 내쉬었다.

[그 '이예은'이라는 아가씨 사건, 등기부 내가 좀 먼저 봤다.]
"빠르시네요."
[강 중사. 손 떼라.]
"……."

[그거 단순한 갭투자 사기 아니야. 꼬리가 너무 길어. 끝까지 따라가다 보면, 네가 감당 못 할 이름이 나올 수도 있어.]

"민태석 구청장이요?"

내가 툭 던지자, 수화기 너머의 침묵이 길어졌다. 역시. 이 양반은 이미 알고 있었다.

"중위님. 저 군대에서 쫓겨날 때, 중위님이 그러셨죠. 도망친 곳에 낙원은 없다고."

[그래서.]

"저 이제 도망 안 갑니다. 놈들이 제 발로 찾아왔잖아요. 제 구역으로."

나는 모니터 화면 속 '태성개발'이라는 글자를 손가락으로 톡 톡 두드렸다.

"그리고 저 혼자 아닙니다. 팀도 짰고요."

[하… 이 미친놈. 말린다고 들을 놈이 아니지.]

김민재가 체념한 듯 혀를 찼다.

[자료 하나 보냈다. 태성개발 실소유주 추정 명단이야. 그리
고… 약 좀 줄여라, 인마. 손 떨리면 낙찰가 잘못 적는다.]
"명심하겠습니다."

전화가 끊겼다. 동시에 약기운이 돌며 머리가 차갑게 식
었다. 이제 유령은 사라졌다. 대신 실체가 있는 적이 남았
다. 나는 자고 있는 이예은을 한 번 쳐다보고, 다시 에어팟
을 꼈다. 노래를 바꿨다. 지코(ZICO)의 ⟨Tough Cookie⟩. 거
칠고 독한 랩이 필요하다.
나는 키보드 위에 손을 올렸다. 자, 이제 전쟁이다.

헬로키티와 변호사 (Feat HER)

　민태석이라는 거물을 사냥하려면 준비물이 필요하다. 총, 칼? 아니다. 요즘 세상에 그런 건 촌스럽다. 필요한 건 '법'과 '주먹', 그리고 '시야 확보'다. 다행히 나는 어디에 그 부품들이 굴러다니는지 안다. 다만, 그 부품들이 좀 녹이 슬 거나, 고장 나 있을 뿐이다.

　오후 2시. 강남구 청담동의 한 고급 바(Bar). 낮술 마시기 딱 좋은 시간이다. 물론, 인생이 망한 사람에게만. 구석 테이블에 여자가 앉아 있다. 명품 트위드 재킷. 샤넬 백. 하지만 머리는 헝클어졌고, 테이블 위에는 위스키 병이 반쯤 비어 있다.

차수현. 대한민국 1등 로펌 '태산'의 에이스 변호사였던 여자. 지금은? '품위 유지 위반' 및 '비밀 유지 서약 위반'으로 자격 정지 위기에 놓인 백수다.

나는 맞은편 의자를 빼고 앉았다.

"낮술은 피부에 안 좋은데."

차수현이 풀린 눈으로 고개를 들었다. 나를 보더니 피식 웃는다.

"뭐야, 강진혁? 빚 독촉하러 왔니? 나 이제 돈 없다."
"돈 받으러 온 거 아닙니다. 일거리 주러 왔지."

나는 아이패드를 테이블 위에 올렸다. 화면에는 그녀가 로펌에서 쫓겨난 이유인 [5년 전 대학생 자살 사건] 파일이 떠워져 있었다. 그녀의 눈빛이 순간 날카로워졌다. 취기가 가셨다.

"너, 이거 어디서 났어?"

"어디서 났는지가 중요합니까? 누나가 이거 파다가 윗선한테 찍힌 거, 내가 해결해줄 수 있다는 게 중요하지."

"해결?"

차수현이 코웃음을 쳤다. 위스키 잔을 흔든다. 얼음이 달그락거린다.

"네가? 동네 경매꾼 주제에? 상대는 강남구청장이야. 로펌 대표도 설설 기는 사람이라고."

"그러니까 재밌는 거죠. 잃을 거 없는 사람끼리 붙어야 승산이 있거든요."

나는 명함 한 장을 내밀었다. 내 명함이 아니다.

[희망 취업 컨설팅 — 대표 최미자] (업계에서 '마담 최'로 불린다.)

차수현의 미간이 구겨졌다. 그녀의 의뢰인을 죽음으로 몰고 간 그 여자다.

"이 여자, 털고 싶죠? 법대로 말고, 내 식대로."

"네 식? 그게 뭔데?"

"아주 시끄럽고, 불친절하고, 돈도 되는 방식."

나는 빙긋 웃었다.

"수임료는 없습니다. 대신 성공 보수 5:5. 그리고 복수는 덤."

차수현이 나를 빤히 쳐다봤다. 10초간의 침묵. 그녀가 위스키를 원 샷 하고 잔을 탁, 내려놓았다.

"콜. 대신 내 구두에 흙 묻히지 마. 150만 원짜리니까."

"네네, 노력은 해보죠."

첫 번째 부품 확보 완료.

다음은 '주먹'이다. 경기도 외곽. 마동철 형님의 폐차장. 입구부터 쇠 냄새와 기름 냄새가 진동한다. 프레스기가 돌아가는 소리. *콰앙, 콰앙.* 거대한 쇳덩이들이 종이처럼 구겨진다.

사무실 컨테이너 박스 앞. 거구의 사내가 쭈그리고 앉아 있다. 등판에는 호랑이 문신이 꿈틀거리는데, 앞치마는 분홍색 헬로키티다. 마동철. 전직 조폭 행동대장. 지금은 고물상 사장님. 그는 손에 든 캔 참치를 조심스럽게 따고 있었다. 그 앞에는 꼬질꼬질한 길고양이 새끼 한 마리가 "야옹" 거리며 꼬리를 흔든다.

"형님, 식사하십니까."
"어, 왔냐? 조용히 해라. 애 체한다."

마형님은 참치 캔을 고양이 앞에 놓아주고는 손을 닦았다. 그의 손등에는 흉터가 가득하다. 칼자국, 담배 자국. 하지만 고양이를 쓰다듬는 손길은 섬세하다. 이 형의 아이러니함이다.

"너, 또 무슨 사고 치려고 왔지? 눈깔이 딱 돈 냄새 맡은 눈깔인데."

"귀신이네요. 큰 건 하나 있습니다."
"안 해. 나 손 씻었다."

마형님이 단칼에 거절했다. 그는 담배를 입에 물며 일어섰다.

"이제 깍두기 짓 안 해. 그냥 이렇게 고철이나 뜯으면서 마음 편히 살 거야."
"고철 뜯어서 이 폐차장 대출은 다 언제 갚게요? 이자 못 내서 여기도 곧 경매 넘어가게 생겼던데."

내 말에 마형님이 멈칫했다. 정곡이다. 이 폐차장 부지, 사실 은행 빚으로 샀다. 이자 밀린 지 3개월째다. 나는 형님 옆으로 가서 나란히 섰다.

"이번 타겟, 태성개발입니다."
"……태성?"

형님의 눈썹이 꿈틀했다.

"형님네 조직 와해시킨 놈들. 형님 감방 보내고 자기들은 양지로 기어 올라간 배신자들."

마형님이 담배를 바닥에 던져 비벼 껐다. 연기가 피어오른다.

"강 대표."
"네."
"너 진짜 돌았냐? 거긴 건드리면 뼈도 못 추려. 내가 왜 이러고 사는데"
"압니다. 그래서 형님이 필요해요. 제 뼈 좀 챙겨주시라고."

마형님이 피식 웃었다. 그는 헬로키티 앞치마를 벗어 던졌다. 그리고 구석에 처박혀 있던 낡은 야구 방망이를 집어 들었다.

"수수료는?"
"여기 빚 전부 탕감. 그리고 태성개발 창고 털어서 나오는 고철 다 형님 거.”

"콜. 깔끔하네. 가자."

두 번째 부품, 장착 완료.

마지막은 '시야 확보'. 이건 이미 해 놨다. 내 사무실 지하
실에 기생하고 있는 녀석이니까.

한가온. 고아원 출신 천재 해커. 나이는 스물셋. 녀석의
방은 라면 박스와 에너지 드링크 캔이 매일 수북하게 쌓여
있다. 책상 모니터 4개가 쉴 새 없이 돌아간다.

"형, 왔어? 나 배고파. 치킨 시켜줘."

녀석은 나를 보자마자 카드부터 달라고 손을 내밀었다.

"일하고 먹어. 오늘 팀 미팅이다."
"팀? 형 친구 하나도 없잖아."
"생겼어. 아주 험악하고 까칠한 친구들."

오후 5시. 내 사무실. 어색한 침묵이 흐른다. 소파에는 차수현이 팔짱을 끼고 다리를 꼬고 앉아 있고, 맞은편 의자에는 마형님이 야구 방망이를 닦고 있다. 가온이는 구석에서 눈치를 보며 키보드만 두드린다.

조합이 최악이다. 엘리트 변호사와 깡패, 그리고 히키코모리 해커. 물과 기름, 그리고 탄산음료 같다. 섞일 리가 없다. 차수현이 먼저 입을 열었다.

"강진혁. 설명해. 이 사람들은 뭐야?"

"소개할게요. 우리 팀입니다. 마동철 이사님, 그리고 한가온 실장."

"이사? 실장? 하, 꼴에 직함도 있네."

차수현이 비웃자 마형님이 인상을 썼다.

"어이, 아줌마. 말 좀 곱게 하지? 이래 뵈도 나 경기도에 사업자등록증 있는 사장이야."

"아줌마? 너 몇 살이니? 초면에 왜 반말이야?"

분위기가 험악해진다. 금방이라도 멱살 잡을 기세다. 이 대로 가면 민태석 잡기 전에 우리끼리 내전 난다. 나는 분위기를 전환시키려고 박수를 짝 쳤다.

"자, 싸움은 나중에 하시고. 일단 손발부터 맞춰보죠. 테스트 미션입니다."

"테스트?"

"네. 간단한 몸풀기 게임."

나는 화면에 사진 한 장을 띄웠다. 사무실 근처, 낡은 단독주택. 대문 앞을 검은 양복들이 막고 있다. 마당에는 짐들이 널브러져 있고, 할머니 한 분이 울고 있다.

"여기, 악질 사채업자가 불법으로 점거 중인 집입니다. 할머니 내쫓고 알박기 하려는 중이죠."

"그래서? 우리가 정의의 사도라도 되라는 거냐?"

마 형님이 투덜거렸다.

"아뇨. 정의는 돈 안 되죠. 근데 저 사채업자 금고에 현찰 5천만 원이 있습니다. 그거 털어서 할머니 이사 비용 대드리고, 남는 건 회식비 합시다."

'현찰'이라는 말에 세 사람의 눈빛이 달라졌다. 가온이가 안경을 고쳐 썼다.

"형, 저 집 도어락 구형이야. 10초면 뚫어."

차수현이 서류 가방을 챙겼다.

"주거 침입죄 구성 요건 피하려면, '임대차 계약 확인' 명분으로 들어가면 돼. 법적으론 문제없어."

마형님이 방망이를 어깨에 걸쳤다.

"문 따면, 안에 있는 놈들은 내가 재우면 되고?"

역시. 돈 앞에서는 팀워크가 살아난다. 나는 에어팟을 꺼냈다. 오늘의 선곡. 이 난장판 팀에 딱 어울리는 곡. **블락비 (Block B)의 〈HER〉.** ♩ 따−라−라, 딴! ♫ 통통 튀는 기타 리프가 고막을 기분 좋게 튕긴다. 말문이 막힌다. 경탄. 그 이상의 단어는 떠오르지 않는다. ♪ 뺨, 뺨, 빠밤. ♩ 시야에 박히는 모든 선이 완벽하다. 피조물을 넘어선 예술. 작품, 그 자체다. ♬ 따-라-라, 딴! ♩

"가시죠. 작품 한번 만들러."

30분 뒤. 현장. 마형님이 대문을 박차고 들어갔다.

"안녕? 택배 왔다!"

사채업자 똘마니 셋이 덤벼들었지만, 형님의 꿀밤 세 대에 정리됐다. 가온이가 도어락에 기계를 갖다 대자 *띠리릭* 문이 열렸다. 차수현은 경찰이 오기 전에 법적 서류를 들이밀며 사채업자의 혼을 빼놓았다.

"당신들, 이기 특수 주거 침입에 협박죄야. 합의할래, 아니면 콩밥 먹을래?"

나는 안방 장롱 밑바닥을 뜯었다. 5만 원 권 다발. 정확히 5천만 원. 우리는 돈을 챙겨 나왔다. 할머니에게 3천을 드리고, 2천은 챙겼다. 할머니가 내 손을 잡고 "고맙다"며 우셨다. 마형님이 쑥스러운 듯 코를 훔쳤고, 수현 누나도 딴청을 피웠다.

돌아오는 차 안. 분위기가 달라졌다. 서로를 보는 눈빛에 '경멸' 대신 '인정'이 섞여 있다.

"생각보다 쓸 만 하네, 아저씨 주먹."

차수현이 마형님에게 말했다.

"아줌.. 아니, 차 변호사도 말 빨 하나는 인정."

마형님이 퉁명스럽게 대꾸했다.

백미러로 그들을 보며 나는 웃었다. 완벽하진 않다. 삐걱거린다. 하지만 달리는 차는 원래 좀 덜컹거리는 맛이 있어야 제 맛이다.

"자, 이제 몸 풀었으니까."

나는 핸들을 꺾었다.
"본 게임 하러 갑시다."

우리는 어둠 속으로 질주했다. 이것이 '팀 러닝'의 시작이
었다.

팀 러닝, 접속했습니다

경기도 외곽. 내비게이션에도 잘 안 찍히는 비포장도로의 끝. '마대 고철'이라는 녹슨 간판이 비스듬히 걸려 있다. 폐차들이 젠가처럼 위태롭게 쌓여 있고, 바닥에는 폐유가 검게 번들거린다.

나는 핸들을 꺾어 폐차장 마당으로 들어섰다. 조수석의 이예은은 겁에 질려 안전벨트를 생명 줄처럼 꽉 쥐고 있다.

"저기… 우리 진짜 밥 먹으러 온 거 맞아요? 장기 털러 온 거 아니고?"

"안심해요. 여기 사장이 험하게 생겼어도, 고기는 1등급만 쓰니까."

차를 세우자마자 묵직한 베이스가 진동한다. 내 차 오디오가 아니다. 폐차장 한가운데서 울려 퍼지는 소리다. **지드래곤 & 태양의 〈GOOD BOY〉**. 드럼통 위에서 고기를 굽고 있던 거구가 리듬에 맞춰 집게를 흔들고 있다. 마동철. 내 회사의 이사 겸 행동대장이다.

"어이, 강 대표! 타이밍 죽이네! 고기 다 익었다!"

마형님이 기름때 묻은 장갑을 낀 채 손을 흔들었다. 덩치는 산만한데 앞치마에는 핑크색 헬로키티가 그려져 있다. 저 형의 유일한 반전 매력이다. 그 옆, 폐차된 버스 지붕 위에는 한가온이 앉아 노트북을 두들기고 있었다.

"형, 왔어? 오, 옆엔 누구? 설마 여사친구?"
"의뢰인이야. 한참 동생이니 말조심해."

나는 예은을 데리고 내렸다. 매캐한 기름 냄새와 고소한 삼겹살 냄새가 묘하게 섞여 났다.

"안녕하세요……."

예은이 기어들어가는 목소리로 인사하자, 마형님이 쌈을 싸다 말고 눈을 부라렸다.

"뭐야? 민간인을 데려오면 어떡해? 우리 작업하는 거 보여주게?"
"이번 판, 이분 때문에 벌인 겁니다. 인사들 하세요. 우리가 싸울 '명분'입니다."

나는 턱으로 예은을 가리켰다. 가온이 버스 지붕에서 훌쩍 뛰어내렸다.

"안녕하세요, 누나. 전 한가온. 이 바닥에선 '코드'라고 불러요. 잘 부탁해요."
"아… 네."

그때였다. 폐차장 입구로 매끈한 흰색 벤츠 한 대가 흙먼지를 일으키며 들어왔다. 이런 시궁창 같은 곳과는 전혀 어울리지 않는 고급 세단. 문이 열리고, 날카로운 하이힐이 진흙 바닥을 밟았다.

"강진혁, 너 진짜 죽을래? 내가 미팅 장소 좀 강남으로 잡으랬지. 동부간선은 답이 없다고!"

차수현 변호사다. 그녀는 구찌 로퍼에 흙이 묻자 질색하며 인상을 찌푸렸다. 완벽한 정장 핏, 차가운 은테 안경. 그녀의 등장은 이 폐차장을 순식간에 법정 대기실로 만들었다.

"어서 와요, 변호사님. 여기가 도청 안 당하고 좋잖아."
"됐고. 급한 건이라며? 자료 내놔."

수현 누나는 드럼통 옆에 있던 낡은 소파에 신문지를 깔고 도도하게 앉았다. 이제 다 모였다.
[팀 러닝]. 경매꾼, 깡패, 해커, 변호사. 그리고 청년 피해

자. 조합 한번 기가 막힌다.

나는 드럼통 위에 아이패드를 펼쳤다. 가온이 미리 준비한 빔 프로젝터를 폐 버스 옆면에 쏘았다. 하얀색 버스 철판 위로 복잡한 인물 관계도가 떴다.

"본론부터 말할게. 이번 타깃은 '태성개발'이야."

마형님이 고기를 씹다가 멈칫했다. 수현 누나의 눈빛이 안경 너머로 번뜩였다. 그들은 안다. 그 이름이 나에게 어떤 의미인지.

"…너, 드디어 미친 거냐? 농담이 아니라, 진짜 거길 건드린다고?"
"단순히 10년 전 복수 때문이 아니야."

나는 화면을 넘겼다. 이예은의 전세 계약서와 등기부등본, 그리고 가온이 털어온 유튜버 '부동산 갓파더'의 이면 계약서가 차례로 떴다.

"놈들이 진화했어. 예전엔 깡패들 써서 밀어버렸다면, 이젠 합법을 가장해. 유튜버로 바람 잡고, 신탁 등기로 사기 치고, 피해자들을 노예처럼 부려먹어."

나는 덜덜 떨고 있는 예은의 어깨를 가볍게 감쌌다.

"여기 이 친구가 증거야. 보증금 1억 2천 날리고 한강 가던 거 주워왔어."
"하……."

수현 누나가 깊은 한숨을 내쉬며 담배를 꺼내 물었다.

"그래서? 설계는 나왔어?"
"생각보다 간단해. 어렵게 하면 끝도 없고, 그냥 피라미드 밑바닥부터 턴다."

나는 화면 속 한 남자의 얼굴을 가리켰다. 느끼하게 생긴 30대 남자. '부동산 갓파더(박동수)'.

"이 자식, 내일 모레 '상암동 신축빌라 분양 설명회' 라이브 방송 하더라. 80만 구독자 앞에서 사기 매물 팔아먹을 예정이지."

"그래서?"

"우리가 그 방송, 터트린다."

마 형님이 씨익 웃으며 주먹을 우드득- 꺾었다.

"방송사고 내러 가자고? 그거 내 전문인데."

"아뇨. 형님은 운전만 하세요. 방송은 내가 나갑니다."

나는 에어팟 케이스를 만지작거렸다.

"가온아, 내일 설명회장 전광판 해킹 가능하지?"

"당연하지. 형이 신호만 주면 야동이라도 틀 수 있어."

"야동 말고. 팩트를 틀 거야. 수현 누나는 놈들 계약서 법리 검토해서 위법 조항 싹 다 빨간 줄 그어줘."

수현 누나가 연기를 길게 뿜으며 고개를 끄덕였다.

"수임료는, 나중에 성공 보수로 받지. 태성개발 놈들, 내가 로펌에서 쫓겨날 때 한몫 거든 놈들이니까."

분위기가 잡혔다. 두려움에 떨던 예은의 눈에도 조금씩 생기가 돌기 시작했다. 나는 마지막으로 화면 속, 피라미드의 꼭대기에 있는 그림자 실루엣을 쳐다봤다. **민태석.** 아직은 얼굴을 띄우지 않았다. 하지만 곧 저 자리에 네 영정사진을 박아줄게.

"자, 다들 선수 입장 준비해."

나는 주머니에서 에어팟을 꺼내 귀에 꽂았다. 비장한 음악은 끝났다. 이제는 달릴 시간이다. **블락비(Block B)의** 〈Nillili Mambo〉. 경쾌하고, 정신없고, 파괴적인 브라스 사운드가 폐차장을 채운다.

가자. 놈들의 등기부를 찢으러.

갓파더의 거짓말 (Feat Antifragile)

상암동 E&M 센터 대형 공개홀. 화려한 조명, 300명의 현장 방청객, 그리고 전면에 설치된 초대형 LED 스크린. 무대 중앙에는 '부동산 갓파더' 박동수가 이탈리아산 맞춤 정장을 빼입고 서 있다.

"여러분, '아파트 영끌'의 시대는 갔습니다! 이제는 대지지분 많은 '똑똑한 빌라 한 채'가 답입니다! 여기 상암동 신축 빌라, 제가 장담컨대 3년 안에 두 배 갑니다!"

유려한 말솜씨. 신뢰감을 주는 중저음의 목소리. 스크린에는 우상향 하는 붉은색 그래프가 번쩍거렸다. 채팅창이 미친 듯이 올라간다.

[역시 갓파더! 믿고 갑니다!]
[당장 계약금 넣을게요!]

나는 무대 뒤편, 어둠 속에 서서 그 꼴을 지켜봤다. 속이 울렁거린다. 저 그래프, 다 가짜다. 가온이가 털어낸 실제 데이터에 따르면 저 빌라의 가치는 이미 마이너스다. 대지 지분이 거의 없는 껍데기 건물.

[형, 준비 완료. 신호만 줘.]

인이어로 가온의 목소리가 들린다. 녀석은 지금 지하 주차장 밴 안에서 노트북을 잡고 있다. 나는 손목시계를 봤다. 저 자식이 가장 고조되었을 때, 그때 터뜨려야 한다.

"지금 바로 계약하시는 분들께만 드리는 특별 혜택! 취등

록세 전액 지원! 자, 이 기회 놓치시겠습니까?"

박동수가 두 팔을 벌리며 클라이맥스를 연출했다. 방청객들이 환호성을 지르며 박수를 쳤다. 바로 지금이다.

"가온아, 큐."

나는 에어팟을 귀에 깊숙이 꽂았다. 플레이리스트 재생. **르세라핌(LE SSERAFIM)의 〈Antifragile〉.** ♩ 따-다-다-닥, 단! ♬ 단단하게 뭉쳐진 베이스의 연타. 무너지지 않는 리듬의 근육이 느껴진다. 깨지기는커녕 더 견고해지는 박자. 강렬한 라틴 비트가 심장을 때린다. 아드레날린이 솟구친다.
동시에.
팟!
초대형 스크린의 붉은색 그래프가 꺼졌다. 박동수의 얼굴이 당황으로 일그러졌다.

"어? 잠시 기술적인 문제가……."

치지직– 노이즈가 스치더니, 화면이 바뀌었다. 아름다운 그래프 대신, 시뻘건 글씨로 가득 찬 서류 한 장이 떴다.

[부동산 임대차 계약서 — 특약사항: 신탁 등기 말소 조건부 계약]

"어? 저게 뭐야?"

"신탁? 조건부? 저거 위험한 거 아니야?"

방청객들이 술렁이기 시작했다. 박동수가 땀을 흘리며 스태프를 향해 소리쳤다.

"화면 꺼! 당장 끄라고!"

하지만 화면은 다시 바뀌었다. 이번엔 박동수 본인의 카카오톡 대화 내용이다.

[받는 사람: 마담 최

내용: 이번 호구들 수질 좋네. 계약금 30% 선 입금 바람.]

"호구? 지금 우릴 호구라고 한 거야?"

채팅창이 욕설로 도배되기 시작했다. 현장 분위기가 순식간에 험악해졌다.

[형! 지금이야! 조명!]

가온의 신호와 함께 홀 전체의 조명이 나갔다. 암흑. 사람들의 비명 소리. 나는 어둠을 틈타 무대 중앙으로 뛰어나갔다. 러닝화 밑창이 무대 바닥을 박차는 소리가 경쾌하다. 박동수가 허둥지둥 떨어뜨린 마이크를 낚아챘다.

팍!

핀 조명 하나가 무대 중앙을 비췄다. 정장을 입고 에어팟맥스를 착용한 나, 강진혁이 스포트라이트를 받으며 서 있다.

"아, 아. 마이크 테스트. 하나 둘."

나는 박동수를 향해 싱긋 웃어 보였다. 놈은 귀신이라도 본 표정이다.

"누… 누구야, 너!"
"나? 네가 만든 똥 치우러 온 사람."

나는 스크린을 손가락으로 가리켰다.

"여러분, 저 '신탁'이라는 말의 진짜 뜻이 뭔지 아십니까?
이 빌라 주인은 박동수가 소개한 바지 사장이 아니라, 돈 빌
려준 신탁 회사라는 뜻입니다. 여러분 전세금? 저놈들이 다
꿀꺽하고 튀면, 여러분은 그냥 길바닥에 나앉는 겁니다.
1순위 채권자는 여러분이 아니니까요."

내 목소리가 스피커를 타고 홀 전체에 울려 퍼졌다. 나는
주머니에서 꼬깃꼬깃한 서류 뭉치를 꺼내 허공에 뿌렸다.
가온이가 출력해 준 '깡통 전세 리스트'다.

"여기 적힌 500세대! 전부 이 지식이 작업 친 시한폭탄들
입니다! 호구가 되기 싫으면 당장 환불 요구하세요!"

장내가 아수라장이 되었다. 배신감에 찬 사람들이 무대 쪽으로 몰려들기 시작했다. 박동수는 경호원들 뒤로 숨기에 바빴다.

"저 미친놈 잡아! 방송 끊어!"

PD가 고래고래 소리를 질렀다. 덩치 큰 방송국 보안요원들이 나를 향해 달려왔다. 여기까지다. 메시지는 전달했다. ♩ 따-다-다-닥, 단! ♬ 귓가에 르세라핌의 고음이 터진다.

"도망쳐!"

나는 마이크를 던지고 무대 뒤편 비상구로 달렸다.

"거기 서!"

보안요원이 내 어깨를 잡으려 했다. 나는 몸을 비틀어 피하고 계단 난간을 뛰어넘었다.

쾅! 비상구를 박차고 나가자, 지하 주차장의 매캐한 공기가 나를 반겼다. 저만치서 검은색 카니발이 엔진 소리를 내며 대기 중이다. 슬라이딩 도어가 열려 있고, 마형님이 소리쳤다.

"타! 빨리!"

나는 몸을 날려 차 안으로 미끄러져 들어갔다. 문이 닫히자마자 마형님이 엑셀을 끝까지 밟았다. 카니발이 타이어 자국을 남기며 주차장을 빠져나갔다.

나는 거친 숨을 몰아쉬며 뒷좌석 시트에 몸을 파묻었다. 옆에 앉은 가온이가 태블릿으로 방송 화면을 보여줬다. 난장판이 된 스튜디오, 멱살 잡힌 박동수의 모습이 생중계되고 있었다.

"크하하! 형, 대박! 채팅창 완전 난리 났어. '갓파더'가 아니라 '사기파더'래."

"조회수 달달하네. 예은 씨한테 넘겨. 2차 가공해서 뉴스레터 뿌리라고."

나는 에어팟을 벗어 목에 걸었다. 아직 심장이 쿵쾅거린다. 첫 번째 호가는 성공적으로 불렀다. 놈들의 가치는 폭락하기 시작했다. 하지만 이건 시작일 뿐이다. 유튜버 '부동산 갓파더'는 피라미드의 가장 밑바닥이니까.

"다음은 어디냐?"

운전대를 잡은 마형님이 백미러로 나를 봤다. 나는 가온이가 건네준 두 번째 타겟의 파일을 열었다. 화려한 화장, 탐욕스러운 눈빛의 중년 여성. **마담 최**. 피해자들을 노예처럼 부려먹는 진짜 악마.

"인력 시장으로 갑니다. 노예 탈출 시켜야죠."

마담 최의 인력시장 (Feat LOSER)

"형, 진짜 그러고 갈 거야? 너무 없어 보이는데."

가온이가 내 몰골을 보며 낄낄거렸다. 나는 차 뒷좌석 거울을 보며 머리를 헝클었다. 며칠 안 감은 듯 한 떡진 머리. 목이 다 늘어난 회색 후드 티. 무릎 나온 트레이닝 바지. 결정적으로, 내 생명과도 같은 '한정판 러닝화'를 벗고, 시장표 삼선 슬리퍼를 신었다.

"완벽하네. 딱 인생 막장 테크 탄 놈이야."

나는 만족스럽게 웃었다. 마 형님이 혀를 찼다.

"꼭 이렇게까지 해야 하냐? 그냥 들어가서 다 엎어버리면
되잖아."

"증거가 없잖아요. 저 여자가 애들한테 어떤 '계약서'를 쓰
게 하는지, 원본을 확보해야 법적으로 매장시키죠."

나는 에어팟을 귀에 꽂았다. 오늘의 연기(Acting)를 도와
줄 노동요. **빅뱅(BIGBANG)의 〈LOSER〉**. *Loser,* ♩ 툭, 툭, 투
둑. ♬ 패배의 얼룩이 묻은 느릿한 비트가 바닥을 기어온다.
지독하게 고독한 선율의 습격. 겁 많은 사람의 넋두리. ♬
단, 단, 다단. ♩ 우울하고 찌질한 가사가 내 어깨를 축 늘어
뜨리게 만든다. 빙의 완료.

"준비되면 들어갈게요. 수현 누나는 대기하다가 신호주
면 경찰이랑 들어오세요."

"다치지나 마. 너 얼굴 상하면 수임료 더 받을 거야."

나는 차 문을 열고 내렸다. 구로동의 허름한 상가 건물 지하 1층.

간판은 **[희망 취업 컨설팅]**. 이름 한번 역겹다. 계단을 내려가자 곰팡이 냄새와 싸구려 방향제 냄새가 섞여 났다.

"계십니까……."

내가 어눌한 말투로 문을 열고 들어갔다. 뿌연 담배 연기. 사무실이라기보다는 도박장 하우스에 가까운 풍경. 소파에는 문신을 드러낸 건달들이 컵라면을 먹고 있었고, 구석에는 20대 청년 서너 명이 죄인처럼 고개를 숙이고 앉아 있었다.

"뭐야, 넌?"

화려한 호피 무늬 블라우스를 입은 중년 여자가 담배를 비벼 끄며 나를 훑어봤다. 짙은 화장, 주렁주렁 매달린 금목걸이. 관상만 봐도 견적이 나온다. 마담 최. 최미자다.

나는 최대한 불쌍한 표정으로 '부동산갓파더'에게 털린 척 연기했다.

"저기… 박 사장님 소개받고 왔는데요. 급전이 좀 필요해서……."

"아, 동수 씨 소개?"

마담 최의 눈빛이 달라졌다. 나를 사람이 아니라 '상품'으로 보는 눈빛. 그녀는 내 팔뚝과 허벅지를 툭툭 찔러봤다.

"몸은 멀쩡하네. 빚은 얼마나 있어?"

"제가 전세 사기를 당해서… 1억 좀 넘습니다."

"쯧쯧. 젊은 놈이 안타깝게 어쩌다. 여기 앉아 봐."

마담 최는 서류 한 장을 내밀었다.

[채무 변제 이행 각서 및 근로 계약서].

나는 떨리는 손으로(이건 연기다.) 서류를 집어 들고 읽는 척했다. 내용이 정말 가관이다.

〈을(채무자)은 갑(채권자)이 지정하는 사업장에 무조건 출근한다.〉

〈임금의 80%는 채무 변제금으로 갑이 선 수령한다.〉

〈도망치거나 연락 두절 시, 신체포기각서의 효력이 발생하며 장기 매매에 동의한 것으로 간주한다.〉

이건 악마도 울고 갈 계약서다. 노예 문서나 다름없다. 구석에 앉은 저 청년들도 다 이걸 쓰고 잡혀 있는 거겠지.

"저기, 사장님. 제가 어디서 일하게 되는 건가요?"

"걱정 마. 건설 현장 잡부나, 밤일 좀 하면 돼. 한 5년 빡세게 구르면 원금은 다 갚을 거야. 이자는 뭐, 그때 가서 보고."

마담 최가 내 눈앞에 볼펜을 흔들었다.

"빨리 찍어. 너 말고도 일하고 싶어 줄 선 애들 많아."

나는 주위를 둘러봤다. 구석에 있는 청년 중 한 명과 눈이 마주쳤다. 텅 빈 눈동자. 이미 영혼이 파괴된 얼굴. 순간, 〈LOSER〉의 비트가 내 심장을 긁었다. 분노가 치밀어 올라 연기가 깨질 뻔했다. 참아야 한다. 나는 볼펜을 쥐었다. 하지만 서명하지 않았다.

"근데 사장님. 이거 불법 아닌가요?"

내가 고개를 들고 정색하자, 마담 최가 피식 웃었다.

"뭐? 불법?"
"근로기준법 위반에, 채권의 공정한 추심에 관한 법률 위반, 그리고 협박죄까지. 이거 도장 찍는 순간 사장님 징역 5년은 나오겠는데."

사무실의 공기가 싸늘하게 식었다. 라면을 먹던 건달들이 젓가락을 내려놓고 일어섰다. 마담 최의 입꼬리가 비틀렸다.

"이 새끼 봐라? 너 뭐 하는 놈이야?"

"저요? 갓파더가 보낸 호구… 인 줄 알았지?"

나는 주머니에서 소형 액션캠을 꺼내 렌즈를 마담 최의 면전에 들이밀었다.

"녹화 잘 됐네. 마담 최? 당신은 오늘부로 폐업이야."
"저거 잡아! 폰 뺏어!"

마담 최가 비명을 질렀다. 건달 셋이 나를 향해 달려들었다. 나는 신고 있던 삼선 슬리퍼를 벗어 던졌다. 그리고 맨발로 바닥을 딛었다. 이 좁은 사무실, 도망칠 곳은 없다. 하지만 버틸 곳은 있다.

"가온아, 문 잠가!"

[오케이!]

철컥―
전자 도어락이 밖에서 잠기는 소리가 들렸다. 건달들이

당황해서 멈칫한 사이, 나는 책상 위로 뛰어올랐다. 도망가는 게 아니다. 밖에서 팀원들이 들어올 때까지, 이 '증거(계약서 원본)'들을 지키는 거다.

"니들 그거 아냐?"

나는 에어팟의 볼륨을 키웠다. ♩ 툭, 툭, 투둑. ♬ 유리 너머로 일그러진 비루한 형상. 선율에 실려 오는 자조적인 읊조림이 고막을 짓누른다. 스스로를 깎아내리는 리듬의 낙인. 노래는 루저지만, 지금 이 판의 승자는 나다.

"지금 밖에는 나보다 훨씬 무서운 형이랑, 성격 더러운 변호사가 와 있다는 거."

쾅! 쾅! 쾅!
타이밍 좋게 굳게 닫힌 철문이 찌그러질 듯 울렸다. 마동철 형님의 드롭킥이다.

"문 열어! 형이 택배 가져왔다, 이 새끼들아!"

문밖에서 들리는 마형님의 고함 소리에 마담 최의 얼굴이 사색이 되었다. 나는 책상 위에 앉아 계약서 뭉치를 흔들며 웃었다.

"거봐. 내가 말했지? 당신 폐업이라고."

이제 슬슬 진짜 신발로 갈아 신어야겠다. 뛸 준비를 해야 하니까.

내용증명보다 주먹

콰앙-!

철문이 종잇장처럼 구겨지며 떨어져 나갔다. 자욱한 먼지 구름 사이로 거대한 실루엣이 등장했다. 마동철. 마형님이 다. 그의 헬로키티 앞치마는 없었지만, 그보다 더 살벌한 쇠 파이프(폐차장에서 주워온)가 들려 있었다.

"아따, 형님 오셨는데 마중도 안 나오냐?"

사무실 안에 있던 건달 셋이 기합을 지르며 달려들었다. 하지만 체급 차이가 너무 컸다. 마형님은 휘두르는 주먹을 가볍게 피하더니, 놈들의 멱살과 허리띠를 잡아 짐짝처럼 던져버렸다.

우당탕! 퍽!

30초. 사무실이 정리되는 데 걸린 시간이다. 건달들은 바닥에 나뒹굴며 신음했고, 마형님은 손을 탁탁 털었다.

"강 대표, 안 다쳤냐?"

"덕분에요. 형님 타이밍 예술이네."

나는 책상 위에서 내려왔다. 맨발에 닿는 차가운 바닥의 감촉. 마담 최는 구석으로 몰려 바들바들 떨고 있었다. 믿었던 어깨들이 순식간에 쓸려나가자 정신이 나간 모양이다.

"너, 너희들 뭐야! 내가 누군 줄 알아? 나 민태석 구청장님 이랑… 밥도 먹고……."

"아, 그 대단하신 뒷배?"

그때, 부서진 문틀 사이로 또각, 또각 구두 굽 소리가 들려왔다. 먼지 구덩이와는 전혀 어울리지 않는 칼 정장의 여자가 걸어 들어왔다. 차수현 변호사. 그녀는 손수건으로 코를 막으며 쓰러진 건달들을 벌레 보듯 피해서 마담 최 앞으로 다가갔다.

마담 최의 눈이 찢어질 듯 커졌다.

"너… 차수현? 네가 왜 여기 있어?"

"오랜만이네, 최미자 씨. 아니, 이젠 마담 최라고 불러야 하나?"

수현 누나는 들고 있던 서류 가방을 마담 최 앞의 테이블에 '탁' 내려놓았다. 묵직한 소리가 났다.

"너, 태산 로펌에서 짤렸다며? 변호사 자격도 정지당한 거 아니야? 이젠 하다하다 이런 양아치들이랑 어울려?"

마담 최가 독기를 품고 쏘아붙였다. 수현 누나는 안경을 치켜 올리며 차갑게 웃었다.

"그래. 누구 덕분에 인생 제대로 꼬였지. 5년 전, 내 의뢰인이었던 대학생이 네 년이 소개한 알바 하다가 빚지고 자살했던 거 기억나? 내가 그거 파헤치려다 위에 제대로 찍혀서 쫓겨났잖아."

누나의 목소리는 낮았지만, 그 안에 담긴 분노는 뜨거웠다. 그녀는 가방에서 두꺼운 서류 뭉치를 꺼냈다. 방금 내가 확보한 노예 계약서의 사본, 그리고 5년 전 사건의 기록들이다.

"그때 네 년이 증거불충분으로 빠져나갔지? '자발적인 근로 계약이었다'고 우겨서. 근데 이번엔 어쩌나?"

차르륵.
수현 누나가 계약서들을 마담 최의 얼굴에 흩뿌렸다. 하얀 종이들이 눈처럼 날리며 마담 최의 뺨을 때렸다.

"여기 있는 계약서만 50장이야. 협박, 감금, 불법 추심, 근로기준법 위반… 장당 징역 1년씩만 쳐도 넌 감옥에서 칠순

잔치하겠다.”

“이, 이 미친년이…!”

“변호사 선임할 생각 마. 태산 로펌 포함해서, 내가 아는 모든 법조인맥 동원해서 네 변호 맡는 놈은 아예 매장시킬 거니까.”

마담 최가 악을 쓰며 달려들려 했지만, 마형님이 가볍게 어깨를 눌러 제압했다. 그때, 밖에서 사이렌 소리가 들려왔다.

“경찰입니다! 꼼짝 마!”

수현 누나가 미리 불러둔 광역수사대 형사들이 들이닥쳤다. 은팔찌가 마담 최의 손목에 채워지는 순간, 그녀는 나를 노려보며 소리쳤다.

“야! 이 삼선 슬리퍼! 너, 민 회장님이 가만둘 것 같아? 밤길 조심해라, 진짜!”

“걱정 마세요. 저 달리기 빨라서 밤에도 아주 잘 뜁니다.”

나는 바닥에 떨어진 삼선 슬리퍼를 다시 신고 씩 웃어주었다. 마담 최와 건달들이 줄줄이 연행되어 나갔다.

사무실에는 정적이 흘렀다. 구석에 웅크리고 있던 피해자 청년들이 겁먹은 눈으로 우리를 쳐다보고 있었다. 나는 그 중 아까 눈이 마주쳤던 청년에게 다가갔다. 그리고 책상 위에 있던 '노예 계약서 원본' 뭉치에서 그의 이름이 적힌 종이를 찾아 건넸다.

"이거, 이제 휴지 조각이야. 노예 계약? 다 사라졌어."

"⋯⋯정말입니까?"

"어. 그러니까 집에 가. 가서 엄마가 해주는 밥 먹고, 학교 다니고. 이런 데 다신 오지 마."

청년이 울음을 터뜨리며 계약서를 찢어발겼다. 그 모습을 보던 마형님이 코끝을 훔쳤고, 수현 누나는 창밖을 보며 담배를 입에 물었다. 5년 전 구하지 못한 의뢰인에 대한 묵념 같았다.

나는 다시 에어팟을 꺼냈다. 오늘의 플레이리스트는 이길로 끝. 하지만 알고 있다. 이건 전초전일 뿐이라는 거. 유튜버와 자금책이 털렸으니, 이제 진짜 주인인 민태석이 움직일 차례다.

"철수하죠. 놈들이 냄새 맡고 쫓아오기 전에."

우리는 폐허가 된 사무실을 뒤로하고 지상으로 올라왔다. 바깥 공기가 시원했다. 하지만 내 예감이 맞다면, 내일부터는 서울 바닥에서 숨쉬기도 힘들 만큼 거센 역풍이 불어올 것이다.

PART 2

경매 : 호가를 높여라

꼬리 자르기

　오전 7시 12분. 머리맡에서 진동이 울린다. 규칙적인 알람이 아니다. 발작이다. 휴대폰이 침대 협탁 위에서 미친 듯이 탭댄스를 춘다. 나는 눈을 떴다. 입안이 깔깔하다. 손을 뻗어 액정을 확인했다. 부재중 전화 48통. 문자 메시지 120개. 카카오톡 알림은 숫자가 999+에서 멈춰 있다. 발신자는 대부분 모르는 번호. 간혹 아는 기자들의 이름도 보인다. 느낌이 쎄하다. 등골을 타고 차가운 것이 흘러내린다.

　나는 리모컨을 집어 들었다. TV를 켰다. 뉴스 채널 YTN.

익숙한 얼굴이 나온다. 나다. 어제 상암동 공개홀 CCTV 화면이다. 모자이크 처리가 되어 있지만, 턱선의 각도나 에어팟 맥스를 낀 꼬라지나, 영락없는 나다.

[속보] 상암동 방송 난입 테러범, 마약 전과 있는 악성 브로커로 밝혀져.

자막이 붉은색이다. 폰트가 크다. 악의적이다. 앵커가 심각한 표정으로 원고를 읽는다.

"어제 유명 부동산 유튜버의 생방송에 난입해 난동을 부린 강 모 씨. 경찰 조사 결과, 과거 군 복무 시절 향정신성 의약품 오남용으로 불명예 전역한 사실이 드러났습니다. 경찰은 강 씨가 사기 조직과 이권 다툼을 벌이다 앙심을 품고……."

틀렸다. 약물 오남용이다. 마약이 아니라. 치료 목적이었다. 어머니가 돌아가시고 잠을 잘 수 없었으니까. 하지만 대중에게 팩트는 중요하지 않다. '마약'이라는 두 글자가 주는 자극이면 충분하다. 화면이 바뀐다. 마담 최의 사무실 CCTV다. 내가 삼선 슬리퍼를 들고 협박하는 장면. 마 형님이 건달들을 패대기치는 장면. 앞뒤 맥락은 잘렸다. 우리는 선량한 인력 사무소를 습격해 돈을 뜯어내려는 깡패 집단으로 편집되어 있다.

"하."

헛웃음이 터졌다. 민태석이다. 역시 빠르다. 자기 꼬리인 부동산갓파더와 마담 최가 잘려 나가자마자, 나를 아예 사회적으로 매장시킬 작정이다. 해명? 불가능하다. 사람들은 생각보다 진실을 원하지 않는다. 이미지는 이미지가 덮어야 한다. 더 큰 자극이 아니면 이 프레임은 깨지지 않는다.

쿵, 쿵, 쿵!
현관문이 울린다. 초인종을 누를 예의 따위 없다. 주먹, 혹은 발로 차는 소리다.

"강진혁 씨! 안에 있는 거 압니다!"

"서울경찰청 광역수사대입니다! 문 여세요!"

경찰이다. 수현 누나가 불렀던 그 경찰들이 아니다. 민태석이 키우는 사냥개들. 혹은 실적에 눈이 먼 하이에나들. 압수수색 영장, 아니 체포 영장을 들고 왔을 거다. 특수폭행, 업무방해, 정보통신망법 위반, 거기에 마약류 관리법 위반 혐의까지 씌우겠지. 잡히면 끝이다. 구치소 독방에서 자살당하거나, 병신이 되어 나올 것이다.

나는 침대에서 튀어 올랐다. 서류 가방은 필요 없다. 어차피 사무실과 서버는 다 털렸을 테니까. 내게 필요한 건 딱 두 가지다. 음악. 그리고 신발.

테이블 위 에어팟 맥스를 낚아챘다. 목에 걸었다. 신발장으로 달렸다. 수십 켤레의 러닝화가 나를 보고 있다. 오늘의 파트너를 고른다. 나이키 베이퍼플라이 3. 형광 주황색. 카본 플레이트가 삽입된 놈이다. 반발력이 좋다. 도주용으로 아주 딱이다. 발을 밀어 넣었다. 끈을 묶는다. 손은 떨리지 않는다. 나는 익숙하다. 쫓기는 것에는 도가 텄으니까.

빠직—

현관 쪽에서 쇠가 찢어지는 소리가 났다. 도어락을 뜯어내고 있다. 시간이 없다. 30초, 아니 10초. 나는 거실을 가로질러 베란다 창문을 열었다. 확 끼쳐오는 아침 공기. 차갑다. 여기는 2층. 아래는 빌라 주차장. 높이는 약 4미터. 아스팔트 바닥이다. 잘못 구르면 발목이 나간다. 하지만 선택지는 없다.

"문 열렸습니다! 진입해!"

등 뒤에서 고함이 터졌다. 군홧발 소리가 거실 마룻바닥을 울린다. 나는 에어팟을 귀에 꽂았다. 노이즈 캔슬링. 세상의 소음이 차단된다. 플레이리스트를 돌린다. 비트가 필요하다. 내 심장을 쪼개줄 비트. **지디&탑(GD&TOP)의 〈쩔어〉.**

♩ 빰, 빰, 빠-밤! ♬ 폭발적인 브라스 사운드가 고막을 정조준 한다. 도파민이 혈관을 타고 폭주하는 소리. 오늘 밤의 밀도는 이미 임계점을 넘어섰다. ♪ 따다닥, 빰! ♩ 더 치열하게, 더 노골적으로. 갈증을 자극하는 리듬의 도발. 전부 내놓으라는 듯한 압도적인 진동. 그야말로, 쩐다. ♬

나는 난간을 밟고 올라섰다. 망설임은 사치다. 몸을 던졌다.

중력이 나를 잡아당긴다. 짧은 부유감. 그리고 충격. 퍽. 발바닥부터 무릎, 허리까지 찌릿한 통증이 관통한다. 나는 본능적으로 몸을 웅크려 앞으로 굴렀다. 낙법. 어깨가 아스팔트에 쓸렸다. 쓰라리다. 하지만 뼈는 멀쩡하다. 벌떡 일어났다.

"어? 야! 저기 뛴다!"
"잡아! 저 새끼 잡아!"

베란다 위에서 형사 둘이 몸을 내밀고 소리쳤다. 무전기를 든 손이 다급하다. 빌라 입구 쪽에서 순찰차의 경광등이 번쩍인다. 앞뒤가 막혔다. 상관없다. 차는 골목으로 들어오지 못한다. 내 발은 차보다 자유롭다.

나는 주차장 담벼락을 향해 달렸다. 1.5미터 높이. 가속도가 붙은 상태에서 왼발로 벽을 찼다. 오른손으로 담장 끝을 잡고 훌쩍 넘겼다. 착지. 개포동의 낡은 주택가 골목이다. 미로처럼 얽힌 전선, 불법 주차된 오토바이들, 내놓은 쓰레기봉투들. 내 홈그라운드다.

나는 달리기 시작했다. 케이던스(분당 발걸음 수) 180. 호흡은 두 번 들이마시고 두 번 내뱉는다. 전력 질주가 아니다. 마라톤 페이스다. 형사들은 초반에 힘을 쏟을 거다. 나는 놈들이 지칠 때까지 뛸 수 있다.

뒤에서 사이렌 소리가 들린다. 앵앵거리는 소리가 귓가를 맴돈다. 골목 모퉁이를 돌 때마다 그림자가 따라붙는 것 같다. 지나가는 행인들이 나를 쳐다본다. 형광색 신발, 땀에 젖은 후드티, 목에 건 헤드셋. 수상해 보일 거다. 모자를 눌러 썼다. 고개를 숙였다.

주머니 속에서 폰이 울렸다. 가온이다. 달리면서 받았다. 숨이 턱까지 차오른다.

[형! 뉴스 봤어?]
"어. 지금 실시간으로 찍고 있다. 추격전."
[미쳤네. 사무실은 이미 다 털렸어. 형 컴퓨터, 장부, 금고까지 싹 다 압수당했어. 마 형님네 폐차장에도 국세청 조사관들이 들이닥쳤대.]

전방위 압박이다. 민태석은 확실하게 내 숨통을 끊어놓으려 한다. 돈줄, 정보력, 그리고 사람까지.

"수현 누나는?"

[연락 두절. 아마 참고인 조사받으러 서초서로 끌려간 것 같아. 변호사니까 알아서 잘 빠져나오겠지만, 당분간 합류는 불가능해.]

"너는?"

[난 PC방 지하 벙커라 안전해. IP 해외로 우회해놔서 못 찾아. 근데 형, 지금 갈 데 있어? 카드 쓰면 바로 위치 떠.]

갈 곳. 집도, 사무실도 없다. 모텔? 신분증을 내야 한다. 찜질방? CCTV가 널렸다. 서울 인구 천만 명. 그중에 내 편은 없다. 아니, 딱 한 곳 있다. 등기부에는 나오지 않는 곳. 법적으로는 존재하지만, 심리적으로는 아무도 찾지 않는 곳. 가장 위험하지만, 가장 안전한 곳.

나는 골목을 꺾었다. 폐지 줍는 노인의 리어카를 날렵하게 피했다.

"가온아."

"어?"

"성북동으로 간다."

**[…뭐? 형 돌았어? 거긴 민태석 본진이잖아! 오늘 거기서 딸
결혼식 한다고!]**

"그러니까 가는 거야. 등잔 밑이 제일 어둡다 하잖아?"

나는 속도를 높였다. 허벅지 근육이 비명을 지르지만 무
시했다. 민태석. 네가 언론으로 나를 죽였다면, 나는 네 축
제 한복판에서 보란 듯이 부활해주마.

두 시간 뒤. 성북동 주택가. 공기가 다르다. 매연 대신 풀
냄새가 난다. 담장이 높다. 감시 카메라가 촘촘하다. 지나
다니는 차들은 전부 검은색 세단이다. 나는 골목 구석, 녹색
의류수거함 뒤에 쭈그리고 앉았다. 땀이 식으면서 한기가
몰려온다. 몰골이 말이 아니다. 흙탕물이 튄 트레이닝바지,
땀에 쩐 티셔츠. 이대로 결혼식장에 가면 입구 컷은커녕 신
고나 당할 거다.

저택으로 들어가려면 '입장권'이 필요하다. 초대장. 그리
고 그에 걸맞은 슈트. 그러나 지금 난 빈털터리에 수배자 신
세. 카드는 정지. 방법은 하나다. 현장 조달.

부르릉.

골목 어귀로 오토바이 한 대가 올라온다. '제일세탁'이라는 스티커가 붙은 배달 오토바이. 뒷좌석 행거에 투명 비닐로 포장된 고급 양복들이 줄줄이 걸려 있다. 이 동네 사모님들이 맡긴 옷들이다. 세탁비만 내 한 달 생활비보다 비쌀 거다.

기회다. 나는 숨을 죽였다. 배달원이 어느 대문 앞에서 오토바이를 세웠다. 시동을 끄지 않았다. 그가 세탁물을 들고 초인종을 누르러 간 사이. 거리는 5미터. 시간은 5초.

나는 튀어나갔다. 발소리를 죽였다. 고양이처럼. 오토바이 뒤로 접근했다. 행거에 걸린 옷들을 스캔한다. 사이즈 100. 짙은 네이비색 더블 브레스티드 슈트. 이태리 원단. 딱이다. 망설임 없이 옷걸이를 낚아챘다. 배달원은 뒤돌아보지 않았다. 인터폰 너머의 가정부와 실랑이 중이다. 나는 그대로 골목 반대편으로 뛰었다.

"죄송합니다. 나중에 갚죠. 민태석 구청장 앞으로 청구하세요."

다음은 탈의실이다. 성북동 공원 공중화장실. 사람이 없다. 나는 장애인용 화장실 칸으로 들어갔다. 비닐을 뜯었다. 드라이클리닝 냄새가 확 풍긴다. 땀에 젖은 옷을 벗어 쓰레기통에 처박았다. 훔친 슈트를 입었다. 바지 기장이 조금 길다. 하지만 핏은 나쁘지 않다. 오히려 헐렁한 게 트렌디해 보인다. 거울을 봤다. 멀끔하다. 성공한 벤처 사업가 같기도 하고, 사기꾼 같기도 하다. 뭐, 둘 다 맞는 말이지.

이제 마지막 퍼즐. 초대장. 화장실 밖이 소란스러워 진다. 고급 외제 차들이 줄지어 언덕을 올라간다. 하객들이다. 나는 화장실 입구 세면대에서 손을 씻는 척하며 거울로 동태를 살폈다.

한 남자가 급하게 뛰어 들어왔다. 30대 중반. 명품 로고가 박힌 클러치 백. 비싼 시계. 얼굴이 하얗게 질려 있다. 분명 급 똥이다. 그의 손에 들린 봉투. 금박이 박힌 청첩장이다.

남자가 두 번째 칸으로 뛰어 들어갔다.

철컥. 문 잠그는 소리. 나는 바로 옆, 세 번째 칸으로 들어갔다. 변기 뚜껑을 닫고 그 위에 올라섰다. 벽을 짚고 옆 칸을 내려다봤다. 남자는 바지를 내리고 앉아 폰을 보고 있다. 세상 편안한 표정이다. 청첩장은? 문고리에 걸린 재킷 주머니에 꽂혀 있다.

낚시를 시작한다. 나는 숨을 멈추고 손을 뻗었다. 칸막이 위로 팔을 넘겼다. 손끝이 떨린다. 재킷이 흔들리지 않게 조심해야 한다. 손가락 끝에 종이의 질감이 닿았다. 살짝, 아주 살짝 집어 올렸다.

"끄응……."

남자가 힘을 주는 소리를 냈다. 그 소음에 맞춰 봉투를 쏙 빼냈다. 성공.

"어?"

남자가 고개를 들었다. 뭔가 이상함을 감지한 눈치다. 하지만 나는 이미 변기에서 뛰어내려 칸을 빠져나오고 있었다.

"야! 거기 누구야!"

남자가 소리쳤다. 하지만 바지를 내린 채 쫓아올 용기는 없을 거다. 여기는 체면이 목숨보다 중요한 성북동이니까.

나는 유유히 화장실을 빠져나왔다. 네이비 슈트. 훔친 청첩장. 그리고 목에 건 에어팟 맥스. 완벽한 하객이다.

나는 공원 벤치에 앉아 헐거워진 러닝화 끈을 다시 꽉 묶었다. 슈트에 러닝화. 언밸런스하다. 사람들이 쳐다볼지도 모른다. 하지만 상관없다. 이게 나다. 도망은 끝났다. 이제 사냥이다.

언덕 위, 민태석의 저택 정원에서 클래식 음악 소리가 들려온다. 평화롭고 역겨운 멜로디. 나는 에어팟을 껐다. 저 따위 음악은 필요 없다. 플레이리스트를 바꾼다. 가장 화려하고, 가장 시끄러운 곡으로.

빅뱅(BIGBANG)의 〈뱅뱅뱅 (BANG BANG BANG)〉. ♩ 빰, 빰, 빰! ♬ 어둠 속의 각성. 칠흑과 농기화된 심장. ♪ 빰! 빰! 빰! ♩ 터질 듯한 비트의 가속. 시동은 끝났다. ♬ 빰! ♪

비트가 터진다. 내 심장도 터진다. 나는 언덕을 향해 걸음을 옮겼다. 자, 파티를 망치러 가볼까.

웨딩 크래셔 (Feat BANG BANG BANG)

성북동 330번지. 높은 담장 너머로 하얀색 돔 텐트가 보인다. 입구에는 경호원 넷이 바리케이드처럼 서 있다. 귀에는 인이어, 허리춤에는 삼단봉. 경찰은 아니다. 사설 경호업체다. 돈 냄새가 난다.

나는 당당하게 걸어갔다. 네이비 슈트. 넥타이는 없다. 목에는 에어팟 맥스. 그리고 발에는 형광 주황색 나이키 러닝화. 누가 봐도 미친놈이거나, 아니면 엄청난 예술가처럼 보일 거다.

"초대장 확인하겠습니다."

경호원이 내 앞을 막아섰다. 시선이 내 신발에 머문다. 의심스러운 눈초리다. 나는 훔친 봉투를 건넸다. 봉투 겉면에 적힌 이름. **'김철수 대표님 귀하'**. 아까 화장실에서 똥 싸던 그 남자의 이름이다. 흔해 빠진 이름이라 다행이다.

경호원이 명단을 확인한다.

"아, 김철수 대표님. 오셨습니까."

태도가 180도 바뀐다. 허리를 90도로 숙인다. 역시. 이 바닥은 껍데기가 전부다. 나는 대답 대신 고개만 까닥하고 정문을 통과했다.

정원. 넓다. 축구장 반만 하다. 푸른 잔디 위에 하얀 테이블보가 덮인 원형 테이블이 수십 개 깔려 있다. 곳곳에 수국과 장미가 장식되어 있다. 꽃향기가 진동한다. 하객들은 샴페인 잔을 들고 우아하게 웃고 있다. 그들의 손목시계 하나가 내 사무실 전세 보증금보다 비싸다. 짜증난다.

나는 웨이터가 지나갈 때 샴페인 한 잔을 집어 들었다. 한 모금 마셨다. 달다. 저만치 앞, 메인 단상 쪽에 민태석 구청장이 보인다. 연미복을 입고 입이 귀에 걸려 있다. 옆에는 예비 사위와 딸. 행복해 보인다. 내 인생을, 수많은 청춘의 인생을 시궁창에 처박아 놓고. 본인은 성 안에서 파티를 즐긴다.

[형, 도착했어?]

인이어에서 가온의 목소리가 들린다. 나는 샴페인 잔을 입에 댄 채 작게 중얼거렸다.

"어. 진입 완료. 여기 밥 잘 나오네."
[좋겠다. 난 컵라면 먹는데. 위치는?]
"정원 9시 방향. 스피커 타워 옆."
[오케이. 서버 실은 주방 뒤편이야. 내가 시스템 장악하려면 물리적으로 접속해야 해. 시간 좀 끌어줘.]
"얼마나?"
[3분. 아니, 5분.]

5분. 결혼식을 망치기에 차고 넘치는 시간이다. 나는 주위를 둘러봤다. 단상 위로 사회자가 올라왔다. 유명 개그맨이다.

"자, 지금부터 신랑 박현수 군과 신부 민지수 양의 결혼식을 거행하겠습니다!"

박수가 쏟아진다. 현악 4중주단이 클래식을 연주하기 시작한다. 멘델스존의 결혼 행진곡. 신랑 신부가 버진 로드를 걷는다. 꽃가루가 날린다. 민태석이 눈물을 훔치는 척한다. 쇼를 한다. 아주 지랄 맞은 쇼다.

나는 재킷 안주머니에 손을 넣었다. 축의금 봉투. 두툼하다. 돈은 없다. 대신 A4 용지를 잘라 넣었다. 빨간색 압류 딱지. 법원에서 쓰는 그 '공무상 비밀표시 무효' 스티커다. 가온이가 위조해 준, 하지만 효력은 확실한 딱지들.

[형, 준비됐어. 신호 줘.]

가온의 목소리가 떨린다. 신랑 신부가 단상 위에 섰다. 주례사가 시작되려는 참이다. 타이밍이다. 나는 에어팟 맥스의 버튼을 눌렀다. 동시에 가온에게 말했다.

"지금."

치지직– 우아하던 클래식 음악이 끊겼다. 스피커에서 찢어지는 듯한 노이즈가 터져 나왔다. 하객들이 귀를 막으며 웅성거렸다.

"뭐야? 음향 사고야?"

사회자가 당황해서 마이크를 두드렸다.

"아, 아, 잠시 방송 사고가……."

그 순간. **BGM이 바뀐다.** 잔잔한 클래식? 아니다. 심장을 폭격하는 강렬한 비트.

♪ 빰! 빰! 빰! ♩ 찢어버리는 비트의 연타. 준비는 끝났다. 사냥을 시작한다. ♬

빅뱅의 〈뱅뱅뱅 (BANG BANG BANG)〉. 스피커가 터질 듯한 볼륨으로 울려 퍼졌다. 성북동의 점잖은 공기가 순식간에 홍대 클럽으로 변했다.

"뭐야! 음악 꺼! 당장 꺼!"

민태석이 고래고래 소리를 질렀다. 하지만 소용없다. 시스템은 이미 가온이가 먹었다.

♩ 팡! 팡! 팡! ♬ 고막을 정조준한 연격. 쾌감의 격발. 숨 쉴 틈은 없다. ♬ 단! 단! 다단! ♩

후렴구가 터지는 순간. 나는 버진 로드 위로 뛰어들었다. 네이비 슈트 자락을 휘날리며. 형광색 러닝화로 잔디를 짓이기며. 단숨에 단상 위로 올라갔다. 사회자의 손에서 마이크를 낚아챘다.

"아, 아. 안녕하십니까, 하객 여러분!"

음악 소리에 묻히지 않도록 고함을 질렀다. 모든 시선이 나에게 꽂혔다. 민태석의 눈이 튀어나올 듯 커졌다. 나를 알아봤다.

"너… 너 이 새끼…!"

"쉿. 구청장님, 오늘은 좋은 날이잖아요."

나는 민태석의 말을 자르고 하객들을 향해 돌아섰다.

"축가는 생략하고, 바로 본론으로 들어가겠습니다. 다들 바쁘시니까."

나는 주머니에서 압류 딱지 뭉치를 꺼냈다. 그리고 하늘 높이 뿌렸다. 꽃가루처럼, 붉은색 딱지들이 흩날리며 신랑 신부의 머리 위로 떨어졌다.

"사건번호 2025 타경 1828! 채권자 강진혁 외 피해자 500명!"

나는 랩을 하듯 빠르게 뱉어냈다.

"본 건물의 소유주 민태석 씨는 불법 자금 세탁 및 전세 사기 혐의로, 이 시간부로 이 집에 대한 모든 권리를 상실했습니다!"

"저 미친놈 끌어내! 경호원! 뭐 해!"

민태석이 내 멱살을 잡으려 달려들었다. 나는 가볍게 스텝을 밟아 피했다. 민태석이 중심을 잃고 웨딩케이크 위로 넘어졌다. 와장창. 3단 케이크가 무너지고, 민태석의 얼굴이 생크림 범벅이 되었다.

"아이고, 아버님. 케이크 값도 빚에 포함시킬게요."

경호원들이 떼로 몰려오기 시작했다. 검은 양복들이 파도처럼 밀려온다. 도망쳐야 할 시간이다. 하지만 아직이다. 말 한 마디가 남았다.

나는 카메라를 든 웨딩 촬영 기사를 똑바로 쳐다봤다. 저 카메라는 지금 생중계는 아니지만, 분명 기록되고 있다.

"민태석 씨. 그리고 여기 모인 공범 여러분."

나는 바닥에 떨어진 압류 딱지 하나를 주워 민태석의 이마에 찰싹 붙였다. 강시 부적처럼.

"이 집, 유찰 없습니다. 제가 낙찰 받아 갑니다."

"명도(明渡) 준비하세요."

♪ 빰! 빰! 빰! ♩ 모든 판을 엎는다. 끝을 향한 광속의 질주. 돌이킬 수 없는 완벽한 종결. ♬ 빰! 빰! 빰! ♪

노래가 절정으로 치닫는다. 경호원 하나가 단상 위로 날아올랐다. 나는 마이크를 놈의 얼굴에 던지고, 단상 아래로 뛰어내렸다.

"가온아, 튀어!"

[서버 털었어! 다운로드 완료! 뒷문 개방!]

나는 정원이 아니라, 저택 본관 쪽으로 달렸다. 하객들이 비명을 지르며 갈라졌다. 모세의 기적이다. 테이블을 짚고 넘었다. 샴페인 잔들이 깨지며 유리 파편이 튀었다. 뒤에서 민태석의 절규가 들린다.

"죽여! 저 새끼 잡아와! 죽여 버려!"

대한민국에서 혼이 담긴 살인 명령이다. 이제 장난은 끝났다. 진짜 추격전이다. 나는 러닝화의 접지력을 믿었다. 대리석 바닥을 박차고 복도를 질주했다. 심박수 180bpm. 가장 완벽한 러닝 페이스다.

오늘 결혼식은 이걸로 파토다. 축의금은 내 목숨 값으로 퉁치자고.

덫 (The Trap)

음악이 끊겼다. 가온이가 서버에서 철수했거나, 놈들이 전원을 내렸거나. 정원의 스피커는 죽었다. 대신 사람들의 비명 소리가 그 자리를 채운다. 그리고 등 뒤에서 들려오는 묵직한 군홧발 소리. 성난 황소 떼가 달려오는 소리다.

나는 저택 본관의 거대한 마호가니 문을 박차고 들어갔다. 현관 로비. 운동장만 하다. 바닥은 이탈리아산 대리석. 천장에는 샹들리에가 위태롭게 매달려 있다. 빛이 번쩍인다. 눈이 부시다.

"저기다! 잡아!"

뒤따라 들어온 경호 팀장이 고함을 질렀다. 목에 핏대가 섰다. 놈의 손에 들린 것. 삼단봉이 아니다. 전기 충격기다.

찌지지직. 푸른 스파크가 튄다. 맞으면 기절이다. 아니, 저놈들 눈빛을 보니 기절로 안 끝난다. 민태석이 '죽이라'고 했다. 저들은 명령을 이행할 준비가 되어 있다.

나는 로비 중앙의 원형 계단을 향해 뛰었다. 대리석 바닥이 미끄럽다. 러닝화의 고무 밑창이 비명을 지른다.

끼익, 끽. 스케이트를 타듯 미끄러지며 방향을 틀었다.

계단을 오른다. 두 칸, 세 칸씩. 허벅지 근육이 터질 것 같다. 숨이 턱까지 차오른다. 훔친 슈트가 땀으로 범벅이 됐다. 젠장, 드라이클리닝 값도 못 물어주겠네.

"서라! 쏘기 전에 서!"

누군가 소리쳤다. 쏜다고? 테이저건인가? 아니면 설마 한국에서 실탄? 확인할 겨를은 없다. 나는 본능적으로 몸을 숙였다.

팍! 계단 난간의 조각상이 박살났다. 파편이 튄다. 진짜다. 저 새끼들, 진짜 쏜다. 서울 한복판에서 총질이라니. 민태석, 아주 막 나가는구나.

2층 복도. 미로다. 복도가 끝없이 이어진다. 양옆으로 방문이 수십 개다. 어디가 어딘지 알 수가 없다. 도면? 가온이가 보내준 도면은 평면도였다. 입체적인 구조는 와봐야 안다. 이래서 현장 임장이 중요하다니까.

나는 아무 문이나 열어젖혔다. 잠겨 있다. 다음 문. 역시 잠겨 있다. 손잡이를 돌리는 내 손이 미세하게 떨린다. 약기운이 떨어진 건가, 아니면 공포 때문인가. 인정하자. 쫄린다.

발소리가 가까워진다. 계단을 다 올라왔다. 놈들이 복도 양쪽에서 포위망을 좁혀온다.

"왼쪽! 왼쪽 복도로 갔다!"

막다른 길이다. 복도 끝은 거대한 통유리 창문이다. 뛰어내리면 1층 테라스다. 높이는 6미터. 잔디밭이 아니다. 돌바닥이다. 다리몽둥이 부러지기 딱 좋다. 뛰어내려서 불구가 되느냐, 잡혀서 벌집이 되느냐. 둘 다 별로다.

그때, 내 시선이 복도 끝 마지막 방문에 꽂혔다. 다른 문들과 다르다. 손잡이가 금색이다. 문짝도 더 두껍고 무겁다. 방음문. 혹은 방폭문. 직감이 말한다. 저기가 메인이다.

나는 달려들었다. 어깨로 문을 들이받았다.

쾅! 꿈쩍도 안 한다. 잠겨 있다. 당연하지. 안방일 테니까.

"저기 있다! 잡아!"

놈들이 나를 발견했다. 거리는 20미터. 전기 충격기의 스파크 소리가 들린다. 테이저건의 붉은 레이저 포인트가 내 가슴팍을 겨눈다.

나는 주머니를 뒤졌다. 잡히는 게 없다. 아니, 하나 있다. 아까 화장실에서 훔친 청첩장. 김철수 씨의 봉투. 그 안에 딱딱한 카드가 들어 있었다. 신용카드? 아니다. 호텔식 카드키다. 설마?

나는 카드키를 도어락에 갖다 댔다.

띠리릭. 초록 불이 켜진다. 열렸다. 역시. 오늘 하객들을

위해 게스트룸으로 쓰려고 열어둔 모양이다. 김철수 씨, 똥 싸느라 늦어줘서 고맙습니다.

나는 방 안으로 굴러 들어갔다. 발뒤꿈치로 문을 걷어찼다. 쾅. 문이 닫혔다. 안에서 잠금장치를 돌렸다. 철컥.

일단 한숨 돌렸다. 하지만 1분짜리 휴식이다. 놈들은 곧 마스터키를 가져올 거다. 아니면 문을 부수고 들어오겠지.

나는 방을 둘러봤다. 입이 떡 벌어진다. 운동장만 한 침실이다. 킹사이즈 침대 두 개를 붙여놓은 듯한 거대한 침대. 바닥에는 페르시아산 카펫. 벽에는 난해한 현대 미술품들. 돈 냄새가 진동을 한다.

나는 창가로 갔다. 창문이 없다. 아까 밖에서 봤을 땐 분명히 창문이 있었는데? 가짜 벽이다. 암막 커튼 뒤에 벽을 쳐놨다. 빛을 완전히 차단했다. 이 방 주인, 어둠을 좋아하는군. 민태석의 안방이 확실하다.

숨을 곳을 찾아야 한다. 침대 밑? 식상하다. 장롱 안? 너무 뻔하다. 내 시선이 방 한쪽에 있는 아치형 입구로 향했다. 드레스룸이다.

나는 드레스룸으로 들어갔다. 여기도 웬만한 빌라 한 채 크기다. 삼면이 옷장이다. 명품 슈트 수백 벌이 색깔별로 걸려 있다. 구두, 시계, 넥타이 진열장. 백화점 명품관을 통째로 옮겨 놨다. 이 방에 있는 물건만 다 팔아도 전세 사기 피해자 절반은 구제할 수 있을 거다. 욕이 나온다.

나는 옷장 사이를 헤집고 다녔다. 숨을 만한 공간이 없다. 너무 트여 있다. 들어오면 바로 걸린다.

그때였다. 밖에서 웅성거리는 소리가 들린다.

"문이 잠겼습니다!"

"부숴! 도끼 가져와! 회장님이 생포할 필요 없으시단다!"

도끼. 진짜 살벌한 놈들이다. 마음이 급해진다. 식은땀이 비 오듯 쏟아진다. 나는 드레스룸 가장 안쪽, 전신 거울 앞으로 갔다. 거울 속에 비친 내 모습. 꼴이 사납다. 헝클어진 머리, 땀과 먼지로 범벅이 된 짝퉁 하객. 이 화려한 방과 너무 안 어울린다.

나는 거울에 손을 짚었다. 한숨을 쉬며 고개를 숙였다. 그런데. 손끝에 닿는 감각이 이상하다. 거울 테두리. 금속 프레임. 미세한 틈이 있다. 그리고 바람이 새어 나온다.

나는 본능적으로 알았다. 경매 물건 임장 다닐 때 많이 봤다. 불법 증축, 혹은 비밀 공간. 건축물대장 도면에는 없는 방.

나는 거울 프레임을 더듬었다. 바닥 쪽. 걸레받이 몰딩 부근. 작은 홈이 있다. 손가락을 넣고 눌렀다. 딸깍.

기계적인 소음과 함께, 거대한 전신 거울이 앞으로 스르륵 밀려 나왔다. 그리고 옆으로 돌아갔다. 비밀문이다.

나는 침을 꿀꺽 삼켰다. 문 너머는 어둠이다. 퀴퀴한 냄새가 난다. 곰팡이 냄새. 그리고… 비릿한 냄새. 피 냄새다.

등골이 오싹해진다. 들어가면 안 된다는 본능이 경고음을 울린다. 하지만 밖에서는 문을 부수는 소리가 들려온다.

쾅! 쾅! 쾅!

선택의 여지가 없다. 나는 어둠 속으로 몸을 던졌다. 그리고 안에서 거울 문을 닫았다.

철컹. 완벽한 어둠이 나를 삼켰다.

나는 주머니에서 휴대폰을 꺼냈다. 손전등 앱을 켰다. 하얀 빛줄기가 어둠을 갈랐다. 방이다. 좁다. 3평 남짓. 콘크리트 벽이 그대로 노출되어 있다. 천장에는 형광등 하나가 덜렁거린다. 드레스룸의 화려함과는 정반대다. 이곳은 감옥 같다.

방 한가운데 철제 책상이 있다. 그 위에 놓인 낡은 컴퓨터 한 대. 그리고 서류 파일 수십 개.

나는 책상으로 다가갔다. 파일 하나를 집어 들었다. 표지에 매직으로 쓴 글씨.

[처리 내역 — 2023]

처리? 뭘 처리했다는 거지? 나는 파일을 열었다. 첫 번째 페이지. 사진이다. 어두운 밤. 철거 현장. 불이 나고 있다. 용역 깡패들이 시위하는 사람들을 끌어내고 있다. 그 옆에, 낯익은 얼굴이 보인다. 민태석. 젊었을 때다. 그가 웃으며 누군가와 악수를 하고 있다. 악수하는 상대방. 조폭 두목이다.

다음 페이지. 사람 얼굴 사진들이다. 멍투성이인 얼굴, 피 흘리는 얼굴. 사진 밑에 이름과 날짜, 그리고 짧은 메모가 적혀 있다.

김OO (상도동 세입자 대표) – *처리 완료 (교통사고 위장)*

이○○ (철거민 대책위) – 처리 완료 (실종)

내 손이 떨리기 시작했다. 약이 필요하다. 이건 사기 장부가 아니다. 이건, 살인 장부다. 민태석이 강남 재건축의 신이 되기 위해 밟고 올라선 시체들의 기록이다.

가온이가 턴 이중장부는 '돈'에 대한 거였다. 하지만 이건 '피'에 대한 거다. 차원이 다르다. 이걸 세상에 터뜨리면, 민태석은 감옥이 아니라, 민심이 사형대로 갈 수도 있다.

나는 휴대폰 카메라로 서류들을 찍기 시작했다. 손이 떨려서 초점이 잘 안 맞는다. 숨이 잘 안 쉬어진다. 이 좁은 방의 공기가 나를 짓누른다.

그때였다.

끼이익.

소리가 났다. 내가 들어온 거울 문이 아니다. 반대편 벽. 책장 뒤에서 난 소리다. 또 다른 문이 있었다. 나는 황급히 휴대폰 불빛을 그쪽으로 비췄다.

책장이 옆으로 밀리고 있었다. 그리고 그 틈으로, 누군가 걸어 들어왔다.

연미복. 생크림이 묻은 얼굴. 민태석이다. 그의 손에는 아까 경호원이 들고 있던 것보다 훨씬 크고, 훨씬 위험해 보이는 것이 들려 있었다. 사냥용 엽총이다.

민태석이 나를 보고 비릿하게 웃었다. 그의 눈은 이미 이성이 날아가 있었다. 광기뿐이다.

"쥐새끼가… 제 발로 독 안에 들어왔네."

철컥. 놈이 장전 손잡이를 당겼다. 총구가 정확히 내 미간을 향했다.

나는 파일을 든 채 얼어붙었다. 도망칠 곳은 없다. 이번엔 진짜 덫에 걸렸다.

데이터 업로드 완료 (Feat FIRE)

총구는 검다. 그리고 깊다. 지름 18.5mm의 구멍. 저 안에서 튀어나올 납탄이 내 머리통을 수박처럼 터뜨릴 거라는 상상. 지극히 현실적이다. 그래서 더 공포스럽다.

"이 방, S급 방음이야."

민태석이 낄낄거렸다. 생크림이 말라붙은 그의 얼굴이 기괴하게 일그러졌다. 그는 엽총의 개머리판을 어깨에 단단히 견착했다. 자세가 좋다. 군 미필이라더니, 사격은 어디서 배웠나 보네. 사격장 VIP 회원권이라도 있나 보지.

"여기서 네가 죽어도, 아무도 몰라. 밖은 시끄럽거든. 네가 틀어놓은 그 빌어먹을 노래 때문에."

아이러니다. 내가 저지른 난장판이, 내 비명 소리를 덮어줄 무덤이 되었다. 민태석의 손가락이 방아쇠에 걸렸다. 하얗게 질린 손가락 관절. 1초 뒤면 당긴다.

나는 손에 들고 있던 파일을 들어 올렸다.

[처리 내역 - 2023].

인간 방패치곤 너무 얇다. 하지만 이게 유일한 생명 술이다.

"쏘세요. 쏘는 순간, 당신은 끝입니다."

"뭐? 하하하! 네가 죽는데 내가 왜 끝나? 증거는 태우면 그만이야."

"이 파일, 종이 쪼가리죠. 근데 내용은 이미 클라우드에 올라갔거든요."

나는 턱으로 내 가슴팍을 가리켰다. 재킷 주머니에 꽂힌 스마트폰. 카메라 렌즈가 켜져 있다.

"라이브 방송은 아니지만, 실시간 백업 중입니다. 제 파트너가 지금 보고 있거든요. 제가 죽으면, 이 영상이 전 국민한테 뿌려질 겁니다. '강남구청장의 살인 현장'이라는 제목으로."

거짓말이다. 여긴 지하 벙커 수준이다. 통신이 터질 리가 없다. 와이파이도 안 잡힌다. 하지만 도박이다. 민태석 같은 놈들은 의심이 많다. 의심이 많으면 망설인다.

역시. 민태석의 눈썹이 꿈틀했다. 총구가 아주 미세하게 흔들렸다. 그는 곁눈질로 내 스마트 폰을 힐끗 봤다.

"개소리 마. 여기 전파 차단되어 있어."

"과연 그럴까요? 당신네 보안 서버, 5분 만에 털렸는데?

제가 어떻게 여기 들어왔을까요?"

나는 입꼬리를 말아 올렸다. 비웃음. 상대를 불안하게 만드는 가장 좋은 표정이다. 민태석의 호흡이 거칠어졌다. 그의 눈동자가 흔들린다. 쏠까 말까. 뺏을까 말까. 그 찰나의 시간.

[형. 들려?]

기적이다. 인이어에서 가온의 목소리가 들렸다. 지지직거리지만 분명한 목소리다. 전파가 잡힌다? 어떻게? 아, 아까 내가 들어올 때 문을 덜 닫았나? 아니면 가온이 이 자식이 기지국이라도 해킹했나? 이유는 중요하지 않다. 연결됐다는 게 중요하다.

나는 입술을 달싹이지 않고, 목 울림으로만 신호를 보냈다.

'어.'

[위치 파악했어. 안방 드레스룸 안쪽이지? 지금 마형님이 그

리로 가고 있어. 근데 벽이 너무 두꺼워. 뚫으려면 시간 좀 걸려.]

'얼마나?'

[1분. 아니, 30초만 버텨.]

30초. 총을 든 미치광이 앞에서 30초. 3년 같은 시간이다. 민태석이 결단을 내린 듯 다시 조준선을 정렬했다.

"그래. 뿌려보라지. 어차피 죽은 놈은 말이 없으니까. 네 시체는 저기 벽 뒤에 공구리 쳐주마. 내 재건축 현장 바닥재로 써주지."

협상은 결렬이다. 놈은 리스크를 감수하기로 했다. 나를 죽이고 폰을 부수면 된다고 판단한 거다. 방아쇠가 당겨진다. 나는 몸을 날렸다. 왼쪽. 책상 아래로.

타앙-!

고막이 찢어지는 굉음. 좁은 밀실 안에서 화약 냄새가 진동한다. 내 머리 위, 콘크리트 벽에 구멍이 뚫렸다. 파편이 튀어 내 뺨을 긁었다. 따갑다. 피가 흐른다. 살아있다는 증거다.

"나와! 나오라고, 이 쥐새끼야!"

철컥. 펌프 액션. 차탄 장전 소리. 민태석이 책상 쪽으로 걸어온다. 저벅, 저벅. 사형 집행관의 발소리. 나는 책상 밑에 웅크린 채 러닝화 끈을 꽉 쥐었다. 공간이 너무 좁다. 도망칠 곳이 없다. 책상을 엎어? 안 된다. 철제라 너무 무겁다. 그럼 남은 건 하나다. 정면 돌파.

[형! 지금이야! 귀 막아!]

가온의 외침. 나는 반사적으로 양손으로 에어팟 맥스를 꽉 눌러 귀를 막았다. 동시에, 밀실 천장에 달려 있던 화재 경보기와 스피커가 발작을 일으켰다.

삐이이이이익-!!!
고주파 소음. 인간의 가청 주파수를 찢어놓는 살인적인

사이렌 소리다. 가온이가 저택 보안 시스템을 해킹해서 '화재 경보'를 오 작동시킨 거다. 밀폐된 공간이라 소리가 증폭된다.

"아악!"

민태석이 비명을 지르며 귀를 감싸 쥐었다. 총구가 바닥으로 처졌다. 기회다. 나는 책상 밑에서 튀어 나갔다. 낮은 태클. 내 어깨가 민태석의 명치를 들이받았다. 억, 소리와 함께 놈이 뒤로 나자빠졌다. 엽총이 바닥으로 미끄러져 나갔다.

나는 놈의 위에 올라탔다. 주먹을 날렸다. 오른쪽 뺨. 왼쪽 턱. 퍽, 퍽. 타격감이 묵직하다. 하지만 민태석도 만만치 않다. 노가다판에서 잔뼈가 굵은 놈이다. 그가 내 멱살을 잡고 뒤집었다. 힘이 장사다. 순식간에 포지션이 역전됐다. 놈의 두 손이 내 목을 조른다.

"컥…!"

숨이 막힌다. 놈의 눈은 붉게 충혈 되어 있다. 입가에는 거품이 물려 있다. 사람이 아니다. 악귀다.

"죽어… 죽어… 내 탑을 무너뜨리지 마……."

시야가 흐려진다. 산소가 부족하다. 손을 뻗어 바닥을 더듬었다. 잡히는 게 없다. 아니, 있다. 아까 내가 떨어뜨린 파일.

[처리 내역 - 2023].

나는 파일을 집어 놈의 얼굴을 후려쳤다. 종이 모서리가 놈의 눈가를 찢었다. 민태석이 주춤한 사이, 나는 무릎으로 놈의 급소를 찼다.

"윽!"

민태석이 옆으로 쓰러졌다. 나는 켁켁거리는 목을 부여잡고 일어났다. 총. 총을 잡아야 한다. 구석에 떨어진 엽총이 보인다. 하지만 민태석이 더 빨랐다. 그가 기어가서 총을 집어 들었다. 비틀거리며 일어나는 민태석. 피가 흐르는 얼굴로 웃는다.

"끈질긴 새끼……."

다시 총구가 나를 향했다. 이번엔 거리가 2미터다. 빗나갈 수가 없는 거리다. 여기가 끝인가. 나는 눈을 감지 않았다. 똑바로 노려봤다. 죽더라도, 네놈 눈동자에 내 저주를 새겨주마.

그때.

콰아아앙-!!!

밀실의 입구, 그 두꺼운 거울 문이 박살이 났다. 아니, 폭발했다. 거울 파편이 사방으로 튀었다. 뿌연 먼지 속에서 거대한 그림자가 나타났다. 손에 들고 있는 건 거대한 오함마. 폐차장에서 차를 부술 때 쓰던 그놈이다.

"오함마 택배 왔다, 개만도 못한 새끼야!"

마동철. 마형님이다. 그가 해머를 휘두르며 들어왔다. 민태석이 당황해서 총구를 돌렸다. 하지만 늦었다. 마형님의 발길질이 민태석의 가슴팍에 꽂혔다.

퍼억!

민태석이 종이인형처럼 날아가 벽에 처박혔다. 엽총은 저 멀리 튕겨 나갔다. 마형님은 쓰러진 민태석을 밟고 확인 사살을 하려 했다. 나는 형님의 팔을 잡았다.

"형! 그만! 그래도 죽이면 안 돼요!"

"비켜! 이 새끼가 너한테 총질을 했는데?"

"자료 확보했어요! 여기서 죽이면 우리가 살인자 돼요! 피해 청년들은 어쩌고요? 지금은 튀어야 한다고요!"

밖에서 사이렌 소리가 들린다. 이번엔 진짜 경찰이다. 그리고 경호원들의 고함 소리도 가까워진다. 여긴 적진 한복판이다. 오래 머물면 포위된다. 마형님은 씩씩거리며 해머를 바닥에 던졌다. 그리고 민태석의 멱살을 잡고 바닥에 침을 뱉었다.

"운 좋은 줄 알아라. 법정에서 보자."

형님이 나를 부축했다. 우리는 박살 난 문을 통해 드레스룸으로 나왔다. 안방. 난장판이다. 복도로 나가자 경호원 넷이 달려오고 있었다.

"저기 있다!"

마형님이 으르렁거렸다.

"강 대표, 아직 뛸 수 있지?"
"당연하죠. 형님은요?"
"나? 나는 탱크야, 인마."

마형님이 앞장섰다. 어깨로 경호원 하나를 들이받아 날려버렸다. 나는 그 뒤를 따랐다. 복도를 달린다. 에어팟 맥스는 아까 몸싸움 중에 박살이 났다. 하지만 내 머릿속에는 이미 새로운 비트가 흐르고 있다.

방탄소년단(BTS)의 〈불타오르네 (FIRE)〉. 쾅! 쾅! 쾅! ♬ 남

김없이 재로 만든다. 완벽한 소멸의 명령. ♪ 탄! 탄! 탄! ♩
심장을 짓이기며 터지는 야수적인 포효. 발화점 돌파. ♬

지금 이 상황과 딱이다. 민태석의 성, 그의 비밀 장부, 그의 인생. 모조리 싹 다 불태워버렸다.

"계단 막혔어! 창문으로 가!"

마형님이 소리쳤다. 1층 로비에는 경찰 특공대까지 진입하고 있었다. 우리는 2층 복도 끝, 테라스 쪽으로 방향을 틀었다. 뒤에서 경호원들이 삼단 봉을 들고 쫓아온다.

테라스 문을 박차고 나갔다. 난간 아래는 6미터. 잔디밭이 아니다. 대리석 바닥이다. 그냥 뛰면 다리가 부러진다. 하지만 방법이 있다.

"형님! 저기 나무!"

테라스 옆으로 뻗은 늙은 소나무 가지가 보였다. 마형님이 씨익- 웃었다.

"영화 제대로 한 편 찍네, 젠장."

우리는 동시에 난간을 넘었다. 허공을 날았다. 나뭇가지를 잡았다. *우지끈.* 가지가 부러지면서 충격을 흡수해줬다. 우리는 엉겨 붙은 채로 잔디밭 위로 굴러 떨어졌다. 아프다. 온몸이 쑤신다. 하지만 뼈는 멀쩡하다.

"타! 빨리 타!"

정원 쪽 담벼락이 무너져 있었다. 그 틈으로 익숙한 검은색 카니발이 엉덩이를 들이밀고 있었다. 운전석에는… 이예은? 뉴스레터 에디터가 왜 운전석에?

"뭐 해요! 빨리 타요!"

예은이 창문을 내리고 악을 썼다. 안경이 비뚤어져 있었다. 우리는 좀비 떼에게 쫓기는 생존자들처럼 차 뒷좌석으로 몸을 던졌다. 문이 닫히기도 전에 차가 급출발했다. 몸이 뒤로 쏠렸다.

탕! 탕! 뒤에서 총소리가 났다. 뒷 유리가 깨져나갔다. 하지만 우리는 이미 담장을 벗어났다. 카니발이 성북동 언덕길을 미친 듯이 내려갔다.

나는 좌석 바닥에 누운 채 거친 숨을 몰아쉬었다. 천장을 봤다. 살았다. 그리고 내 손에는 피 묻은 파일이 쥐어져 있다. 민태석의 목줄.

옆에서 마형님이 헐떡거리며 물었다.

"강 대표… 너… 보험 많이 들어났냐?"
"아뇨. 다 해지하고, 실비보험 하나요."
"그래도 다행이네. 오늘 병원비 꽤 나오겠다."

우리는 서로를 보며 미친놈들처럼 낄낄거렸다. 아드레날린이 빠져나가자 통증이 밀려온다. 하지만 기분은 죄고다. 운전석의 예은이 백미러로 우리를 보며 소리쳤다.

"가온 씨가 파일 업로드 완료했대요! 지금 뉴스레터 발송 버튼 눌렀어요!"

끝났다. 아니, 시작이다. 민태석의 세상이 무너지는 소리가 들린다. 나는 깨진 차창으로 들어오는 바람을 맞으며 눈을 감았다. 환청처럼 음악 소리가 들렸다.

♩ 따–다–다–다! ♫ 함성이 파동으로 치환된다. 남김 없는 소멸. ♪ 팍! 팍! 팍! ♩ 고막을 짓이기는 야수적인 리듬. 폭발적인 발화. 재가 되어 흩어진다. ♫

오늘 밤, 서울은 정말 뜨거울 거다.

서울의 밤은 차갑다 (Feat BLUE)

성산대교 북단, 교각 아래. 검은색 카니발이 멈췄다. 엔진 룸에서 흰 연기가 피어오른다. 차는 죽었다. 더 이상 달릴 수 없다. 뒷좌석 문을 열자 비릿한 피 냄새가 확 끼쳐왔다.

"으윽······."

마동철 형님이 신음을 흘리며 차에서 내렸다. 왼쪽 어깨의 붕대는 이미 붉게 젖어 있었다. 피가 뚝뚝 떨어져 아스팔트 바닥에 검은 점을 찍었다. 예은 씨가 울먹이며 형님을 부축했다. 가온이는 노트북을 챙기며 주변을 경계했다. 녀석의 손이 덜덜 떨리고 있었다.

"형, 여기 CCTV 없어. 사각지대야."
"알아. 그래서 온 거야."

나는 트렁크에서 걸레를 꺼내 핸들과 문손잡이를 닦았다. 지문은 지워야 한다. 강바람이 칼날처럼 뺨을 베고 지나간다. 춥다. 뼛속까지 시리다. 아드레날린이 빠져나간 자리를 공포와 추위가 채운다.

"여기서 찢어지자."

내가 말했다. 모두가 나를 쳐다봤다.

"이 인원이 다 같이 움직이면 눈에 띄어. 마형님은 예은씨 차타고 함께 이동해요. 형님 덩치, 지하철 타면 바로 신고당하니까."

"너는?"

"저랑 가온이는 따로 갈 겁니다. 지하철이랑 도보로."

"미쳤냐? 지금 지하철에 경찰 쫙 깔렸어."

마 형님이 인상을 썼지만, 나는 고개를 저었다.

"상관없어요. 우린 사람들에게 어차피 유령이잖아. 안 보이는 길로 조심히 가면 돼."

나는 예은 씨에게 신림동 주소를 찍어줬다. 그녀가 48개월 할부로 렌트한 경차가 근처 공영주차장에 있다고 했다. 다행이다. 작지만 카니발보다는 훨씬 안전할 거다.

"가세요. 가서 불 끓여놓고 있어요."

"강 대표… 진혁아! 조심해라."

"나 안 죽어. 라면 먹으러 갈 거니까."

마 형님과 예은 씨가 어둠 속으로 사라졌다. 남은 건 나와 가온. 둘 뿐이다. 우리는 한강 둔치를 걸었다. 화려한 여의

도의 스카이라인이 강 건너편에서 번쩍거린다. 저 불빛 하나하나가 다 누군가의 집이고, 누군가의 사무실이다. 하지만 천만 서울 시민 중, 오늘 밤 우리를 재워줄 사람은 없다.

"형. 배고파."

가온이가 중얼거렸다. 이 녀석 나도 배고프다. 아침부터 물 한 모금 못 마셨다. 위장이 줄어드는 것 같다.

우리는 망원동 골목으로 접어들었다. 편의점이 보인다. 불빛이 따뜻해 보인다. 유리창 너머로 컵라면을 먹고 있는 학생들이 보인다. 그게 뭐라고, 눈물이 날 만큼 부럽다.

나는 주머니를 뒤졌다. 천 원짜리 지폐 두 장. 동전 몇 개. 에어팟은 부서졌고, 카드는 정지됐다. 가온이도 빈털터리다.

편의점 뒷골목. 쓰레기통 옆에 플라스틱 바구니가 놓여 있다. 유통기한 지난 폐기 상품들이다. 삼각 김밥. 샌드위치. 도시락. 아직 포장도 안 뜯은 것들이다. 편의점 알바생이 버리려고 내놓은 모양이다.

나는 멈춰 섰다. 가온이도 멈췄다. 우리는 말이 없었다.

삼각 김밥 하나를 집어 들었다.

[전주비빔. 유통기한: 2025.04.10. 20:00까지].

지금 시각, 22시. 고작 두 시간 지났다. 먹어도 안 죽는다.

"형. 먹을까?"

가온이가 침을 꿀꺽 삼켰다. 나는 삼각 김밥을 쥔 손에 힘을 줬다. 비닐이 바스락거렸다. 배고픔은 자존심보다 강하다. 하지만.

"놔둬."

나는 김밥을 다시 바구니에 던져 넣었다.

"왜? 먹어도 되잖아."
"안 돼. 이거 먹으면, 진짜 패배자 되는 거야."

나는 옷깃을 여몄다.

"가자. 가서 마형님이 사주는 탕수육 먹자. 그전까진 굶어."

"진짜 독하다. 독해."

우리는 다시 걸었다. 골목 모퉁이를 돌 때, 순찰차의 경광등이 번쩍였다. 우리는 반사적으로 몸을 날렸다. 건물 사이, 좁은 틈새. 음식물 쓰레기통과 에어컨 실외기가 놓인 지저분한 공간. 우리는 쓰레기봉투 사이에 쭈그리고 앉아 숨을 죽였다.

윙- 윙-

순찰차가 천천히 골목을 지나갔다. 경찰관의 무전기 소리가 들릴 만큼 가까웠다. 심장이 미친 듯이 뛰었다. 쓰레기 냄새가 코를 찔렀다. 역겹다. 바닥에서 올라오는 냉기가 엉덩이를 얼어붙게 만든다.

이게 현실이다. 몇 시간 전까지만 해도 성북동 대저택에서 슈트를 입고 폼을 잡았는데. 지금은 쓰레기 더미 옆에서 숨을 헐떡이는 쥐새끼 신세다.

"형."

"쉿."

"나… 집에 가고 싶어."

가온의 목소리가 떨렸다. 울고 있었다. 천재 해커라고 으스대지만, 고작 스물세 살 애다. 나는 녀석의 어깨를 감싸 안았다. 녀석의 몸이 얼음장처럼 차가웠다.

"여기가 집이야."

나는 하늘을 올려다봤다. 건물 사이로 좁은 밤하늘이 보였다. 별은 없다. 대신 서울의 인공 불빛만이 붉게 반사되고 있었다.

"서울 바닥 전체가 우리 집이라고 생각해. 그럼 좀 덜 억울하잖아."

"지금도 그런 농담이 나와?"

"알면 일어나. 뛰어야 몸 데워진다."

순찰차가 사라졌다. 우리는 다시 일어났다. 다리가 후들거린다. 하지만 멈출 수 없다.

나는 입속으로 노래를 흥얼거렸다. **빅뱅의 〈BLUE〉.** ♩ 툭, 툭, 스르르. ♬ 계절의 경계가 무너지는 소리. ♬ 단, 단, 다단. ♩ 고막에 푸른 멍이 든다. 심장이 젖어 든다. ♩ 툭, 툭, 툭. ♬ 지독하게 쿨한 상실감이다.

그래. 지금은 겨울이다. 하지만 계속 뛰다 보면, 언젠가는 봄이 오겠지. 아니, 우리가 직접 봄을 끌고 와야 한다.

"뛰자, 가온아."

우리는 어둠 속으로 달렸다. 지하철역 환풍구를 넘고, 재개발 구역의 무너진 담벼락을 탔다. CCTV가 없는 길. 지도에는 없는 길. 유령들만이 다니는 길.

서울의 밤은 차갑다. 하지만 내 심장은 아직 뜨겁게 뛰고 있다. 아직은.

PART 3

낙찰 : 승자의 저주

행복한 유령들의 집 (Feat Run)

새벽 3시 15분. 관악구 신림동 고시촌. 서울에서 가장 경사가 가파르고, 가장 월세가 싼 동네. 가로등이 졸고 있다. 골목은 비좁고 미로처럼 얽혀 있다. 깨어 있는 건 페지 줍는 노인의 리어카 바퀴 소리, 야식 배달 오토바이의 엔진 소리, 그리고 주인 없는 길고양이들의 울음소리뿐이다.

나와 가온이는 그 언덕길을 오르고 있었다. 아니, 기어오르고 있었다. 택시는 타지 못했다. 카드는 정지됐고, 현금은 편의점에서 삼각 김밥을 살까 말까 고민할 정도로 부족했으니까. 지하철 막차를 타고 신림 역에 내려서, 여기까지 1시간을 걸었다. 도주 경로를 꼬기 위해 일부러 CCTV가 없는 골목만 골라서 다닌 탓이다.

"형… 나 발가락이 없어졌어."

가온이가 덜덜 떨며 중얼거렸다. 녀석의 입술은 이미 보라색이다. 내 상태도 별반 다르지 않다. 30만 원짜리 나이키 러닝화 밑창은 너덜너덜해졌고, 얇은 슈트 바지 사이로 들어오는 칼바람이 허벅지를 난도질한다. 성북동의 그 화려한 파티 장에서 도망쳐 나온 지 고작 반나절. 우리는 대한민국 상위 1%(?)에서 하위 1%로 수직 낙하했다.

"엄살 부리지 마. 발가락 없어도 코딩은 할 수 있잖아."
"악덕 업주… 노동청에 신고할 거야……."
"신고해. 어차피 우린 수배자야. 경찰서 가면 밥은 공짜로 주겠네."

농담을 주고받지만 웃음은 나오지 않는다. 너무 춥고, 너무 배고프다. 위장이 줄어들어 등가죽에 붙은 것 같다.

"다 왔어. 저기야."

내가 손가락으로 가리켰다. 언덕 꼭대기. 가파른 경사면에 위태롭게 매달린 붉은 벽돌 건물. 지은 지 30년은 된 낡은 3층짜리 빌라. **[청년 빌라]**. 등기부상 소유주는 내가 만든 페이퍼 컴퍼니. 실거주자는 전세 사기를 당해 길바닥에 나앉을 뻔했던, 내가 구해준 세입자 다섯 명.

건물 앞, 구석진 곳에 익숙한 박스카 한 대가 보였다. 하늘색 레이. 예은 씨의 차다. 그걸 보는 순간 다리에 힘이 풀렸다. 다행이다. 마 형님이 무사히 도착했구나.

"형… 저 차가 벤츠보나 예뻐 보여."
"나도 그래. 들어가자."

우리는 빌라 입구로 다가갔다. 자동문 따윈 없다. 녹슨 철대문이 끼이익 소리를 내며 열렸다. 계단을 내려간다. 반 층 아래. B01호. 방범창 사이로 희미한 불빛이 새어 나오고 있었다. 복도에 들어서자 익숙한 냄새가 났다. 습한 곰팡이 냄새. 퀴퀴한 하수구 냄새. 그리고 누군가 끓이는 된장찌개 냄새. 가난의 냄새라고들 한다. 하지만 지금 나에게는 이 냄새가 구원이다. 5성급 호텔 로비 향기보다 더 향기롭다. 여기는 민태석의 공권력이 닿지 않는 유일한 밑바닥이니까.

똑, 똑, 똑.

내가 현관문을 두드렸다. 반응이 없다. 쥐 죽은 듯 조용하다. 당연하다. 뉴스에 대문짝만하게 얼굴이 나온 테러범들이 문을 두드리는데, 누가 선뜻 열어주겠나. 나는 다시 두드렸다. 이번엔 우리만의 암호로. 세 번 짧게, 두 번 길게.

쿵쿵쿵, 쿵- 쿵-

"……누구세요."

안에서 잔뜩 겁먹은 목소리가 들렸다. 여자다. 도어락이 해제되는 전자음.

띠리릭. 문이 아주 살짝, 손가락 하나 들어갈 만큼만 열렸다. 문틈으로 도어체인이 걸려 있다. 그 사이로 경계심 가득한 눈동자가 나를 내다봤다.

"저기… 누구……."

여자의 눈이 커졌다. 동공이 흔들린다. 나를 알아봤다. 몇 달 전, 보증금 5천만 원을 날리고 울면서 내 사무실을 찾아 왔던 사회초년생. 내가 법적으로 싸워서 돈을 찾아줬던 그 친구다.

"강… 강 대표님?"
"접니다. 제 꼴이 좀 말이 아니죠?"

여자가 놀라서 문을 활짝 열었다. 도어체인을 푸는 손이 다급했다. 나의 몰골을 보고 더 놀랐을 거다. 훔친 명품 슈트는 땀과 먼지로 걸레짝이 됐고, 얼굴은 퀭하다. 옆에 있는 가온이는 거의 서서 기절한 상태다. 누가 봐도 범죄 현상에 서 방금 튀어온 도망자들의 모습이다.

"세상에… 들어오세요! 빨리요!"

그녀가 우리를 안으로 확 끌어당겼다. 마치 밖에서 괴물이라도 쫓아오는 것처럼. (사실 경찰이 쫓아오고 있긴 하다.)

현관에 들어서자 훈훈한 온기가 확 끼쳐왔다. 보일러가 빵빵하게 돌아가는 소리. 가습기 소리. 그리고 사람들의 숨소리.

방 안 풍경이 눈에 들어왔다. 여섯 평 남짓한 좁은 거실. 그 한가운데, 곰 한 마리가 웅크리고 누워 있었다. 마형님이다.

"왔냐……."

마형님이 쉰 목소리로 불렀다. 그의 왼쪽 어깨에는 하얀 붕대가 두툼하게 감겨 있었다. 붕대 위로 붉은 피가 배어 나와 있었지만, 다행히 지혈은 된 것 같았다. 예은 씨가 수건에 물을 적셔 형님의 이마를 닦아주고 있었다.

"형님. 살아계셨네요."
"그럼, 내가 누군데. 마동철이야. 총알 따위가 내 근육을 뚫겠냐?"
"근육이 아니라 지방에 박힌 거 아니고요?"

"시끄러. 근데 너 꼴이 왜 그러냐? 서울역 노숙자한테 옷 뺏겼냐?"

"비슷해요. 오는 길에 쓰레기통 뒤질 뻔했거든요."

나는 신발을 벗고 방으로 들어섰다. 바닥이 따뜻하다. 발바닥의 얼음이 녹으면서 찌릿한 통증이 몰려왔다. 나는 벽에 기대앉았다. 긴장이 풀리자 온몸의 뼈마디가 분리되는 것 같다.

방 안에는 마형님과 예은 씨 말고도, 이 빌라의 다른 세입자 두 명이 더 와 있었다. 다들 자다 깬 눈으로, 하지만 걱정스러운 표정으로 우리를 쳐다봤다. 한쪽 구석에 켜진 TV 뉴스에서는 내 얼굴이 반복해서 나오고 있었다.

[속보: 경찰, 도주한 강 모 씨 일당 추적 중… 시민 제보 기나려]

화면 속의 나는 흉악범이다. 현상금이 걸린 테러리스트.

보통 사람이라면 신고를 하거나, 무서워서 도망쳤을 거다. 하지만 여기 있는 사람들은 달랐다. 아무도 전화기를 들지 않았다. 오히려 한 청년이 뛰어나가 장롱에서 이불을 더 꺼내왔고, 다른 여자가 부엌으로 달려가 가스 불을 켰다.

"대표님… 식사는 하셨어요?"

"아뇨. 어제 점심 이후로 물 한 모금 못 마셨습니다."

"라면 끓여드릴게요. 밥도 있어요. 찬밥이지만."

"찬밥이면 더 좋습니다. 라면엔 찬밥이죠."

그들은 질문하지 않았다. 왜 구청장 집에 쳐들어갔는지, 왜 총을 맞았는지, 왜 쫓기고 있는지. 이미 알고 있었으니까. 예은 씨가 보낸 뉴스레터를 봤으니까. 우리가 자기들의 돈을, 그리고 자존심을 되찾아주기 위해 싸웠다는 걸.

"가온아, 일어나. 밥 준대."

"라면…? 진짜 라면? 나는 계란 두 개……."

구석에 시체처럼 처박혀 있던 가온이가 좀비처럼 고개를 들었다. 곧이어 부엌에서 냄비 뚜껑 열리는 소리가 들렸다.

보글보글. 김치 냄새. 파 냄새. 그리고 라면 스프의 그 자극적이고 황홀한 MSG 향기. 성북동 저택의 뷔페 음식보다

100배는 더 고급스러운 냄새다.

양은 냄비가 들어왔다. 김이 모락모락 난다. 나와 가온이는 젓가락을 들자마자 전투 모드로 돌입했다. 후루룩. 짭짭. 뜨거운 국물이 식도를 타고 내려가 위장을 데운다. 면발이 끊임없이 들어간다. 씹을 새도 없다.

"천천히 먹어. 체한다."

예은 씨가 등을 두드려줬지만 들리지 않는다. 찬밥까지 말아서 국물 한 방울 남기지 않고 싹 비웠다.

"꺼억."

가온이가 웅장한 트림을 했다. 그제야 정신이 좀 든다. 배가 차오르니 비로소 내가 살아있다는 실감이 난다. 그리고 머리가 돌아가기 시작한다. 에어팟은 부서졌지만, 내 머릿속 BGM은 다시 재생된다.

나는 방을 둘러봤다. 좁다. 습하다. 벽지에는 곰팡이가 피어 있다. 하지만 사람들의 눈빛은 형광등보다 밝다. 두려움이 아니라, 우리를 믿고 응원하는 저 눈빛들. 그게 나의 새로운 연료다.

"뉴스 봤어요."

라면을 끓여준 여자가 조심스럽게 말했다.

"대표님이… 그 나쁜 구청장 집 털었다면서요? 살인 장부도 찾고."
"네. 아주 개 박살을 냈습니다. 케이크도 엎어버렸고요."

내가 씩 웃자, 방 안에 있던 청년들이 주먹을 불끈 쥐어 보였다.

"잘하셨어요! 진짜 속 시원했어요."
"저희가 뭐 도울 거 없나요? 쪽수 필요하면 말만 하세요. 여기 빌라 사람들 다 대표님 편이에요."

마형님이 누운 채로 킬킬거렸다.

"야, 강 대표. 우리 조직원 늘었다?"

"그러게 말입니다. 든든하네요."

맞다. 우리는 고립된 게 아니다. 확장된 거다. 성북동의 민태석은 고립되었지만, 관악구의 우리는 연결되었다. 이 좁은 반 지하 방이, 이제 우리의 사령부다. 진짜 주인들이 사는 집. 유령들의 집.

나는 찢어진 슈트 상의를 벗어 던졌다. 그리고 예은 씨가 건네준 헐렁한 회색 트레이닝복으로 갈아입었다. 무릎이 좀 튀어나왔지만, 명품 슈트보다 훨씬 편하다. 이게 내 옷이지.

"가온아. 노트북 켜."

"응? 벌써? 나 좀만 자면 안 돼?"

"밥값 해야지. 민태석 계좌 털어야 하니까."

가온이가 투덜거리며 배낭에서 노트북을 꺼냈다. 나는 벽에 붙은 서울 지도를 처다봤다. 붉은색 펜을 들었다. 지도 위에 동그라미를 쳤다.

[서울중앙지방법원].

도망은 끝났다. 여기서부터, 다시 시작한다. 더 빠르고, 더 지독하게.

"반격 준비하자. 이번엔 우리가 술래야."

창문 밖 방범창 사이로 희미하게 푸른 새벽빛이 스며들고 있었다. 춥고 긴 밤이었다. 하지만 우리는 살아서 아침을 맞이했다. 그거면 충분하다. 이제 호가를 높일 시간이다.

유령들의 반격 (Feat I AM THE BEST)

새벽 4시. 반 지하 방. 습도는 80%. 곰팡이 냄새와 코를 찌르는 컵라면 냄새. 여섯 평 남짓한 공간에 일곱 명이 구겨져 있다. 산소 농도가 희박하다. 하지만 눈빛들은 형광등보다 밝다.

"작전명, 홍길동."

가온이 노트북 엔터키를 때리며 킬킬거렸다. 화면에 서울

지도가 떠 있다. 붉은 점들이 산발적으로 깜빡인다.

"강남역 11번 출구, 홍대 입구 9번 출구, 그리고 여의도 공원."

가온의 손가락이 피아노를 치듯 키보드 위를 날아다닌다. 녀석은 지금 내 명의로 된 '대포 폰' 유심 세 개를 동시에 활성화했다. 기지국 신호가 널뛰기를 한다.

"경찰 통제실, 지금쯤 머리 좀 아플걸? 동해 번쩍 서해 번쩍 하니까."

TV 화면. 방송국 뉴스 속보가 떴다.
[경찰, 강남역 일대 긴급 봉쇄… 테러범 강 모 씨 추정 신호 포착]
화면 속에는 무장 경찰들이 강남대로를 뛰어다니고 있다. 헛수고다. 나는 지금 관악구 구석방에서 식은 김밥을 씹고 있으니까.

"미끼는 물었어. 경찰 병력 분산됐고. 이제 우리 팀 '두뇌' 를 데려와야지."

나는 씹던 김밥을 삼키고 폰을 들었다. 차수현 변호사. 누나는 어제부터 연락 두절이다. 잡혔거나, 숨었거나. 가온이가 그녀의 비밀 이메일 계정으로 암호문을 보냈다.

[세탁 완료. 건조기 돌릴 시간.]

접선 신호다. 장소는 우리가 미리 정해둔 안전 가옥 근처 코인 빨래방.
띠링.
1분도 안 돼서 답장이 왔다.

[섬유유연제 챙겨 감. 30분 뒤.]

살아있다. 나는 자리에서 일어났다. 온몸의 근육이 비명을 지른다. 진통제가 필요하다.

"형님, 좀 쉬고 계세요. 누나 데려올게요."

"어… 올 때 담배 하나만……."

마형님은 식은땀을 흘리면서도 손을 흔들었다. 예은 씨가 형님의 이마에 물수건을 올려주고 있었다. 나는 후드를 눌러쓰고 밖으로 나갔다.

새벽의 신림동 고시촌. 가로등이 졸고 있다. 편의점 야외 테이블에는 취준생들이 엎드려 자고 있다. 아무도 나를 신경 쓰지 않는다. 여기는 서울에서 가장 치열하게 사는, 그래서 남에게 가장 무관심한 동네니까.

언덕 아래 '24시 셀프 빨래방'. 통유리 너머로 윙윙- 거리는 세탁기 소리가 들린다. 안에는 아무도 없다. 딱 한 사람 빼고.

구석 벤치에 앉아 있는 여자. 트렌치코트 깃을 세우고, 선글라스를 끼고 있다. 이 새벽에 선글라스라니. '나 수상해요'라고 광고하는 꼴이다. 차수현 누나다.

나는 자판기에서 캔 커피 두 개를 뽑았다. 누나 옆에 앉아 캔 하나를 볼에 갖다 댔다. 따뜻하다.

"안 잡혔네요?"

"내가 누구니? 태산 로펌 에이스였어. 이 정도 피하는 건
내 전공이야."

수현 누나가 선글라스를 벗었다. 눈 밑이 퀭하다. 화장은
다 지워졌고 입술은 터져 있다. 에이스 변호사의 몰골이 아
니다. 노숙자 3일 차 같다. 그녀는 내 꼴을 훑어보더니 피식
웃었다.

"너보단 낫네. 넌 어디서 굴러먹다 온 동네 똥개 꼴이다."

"똥개 아니고 사냥개요. 목줄 풀린."

내가 캔커피를 따니, *칙-하고*, 탄산 빠지는 소리가 빨래
방에 울렸다. 수현 누나가 가방을 열었다. 묵직한 서류 봉투
를 꺼내 내 무릎 위에 던졌다.

"받아. 섬유유연제."

"이게 뭡니까."

"민태석이 진행하려는 경매 물건. '강남 재건축 4구역'에

대한 권리 분석 보고서."

나는 봉투를 열었다. 빼곡한 법률 용어들. 유치권, 지상권, 가압류. 수현 누나가 긴 손가락으로 서류 한 부분을 짚었다.

"민태석, 급했어. 자금줄 막히니까 현금화하려고 무리하게 경매를 앞당겼어. 그러다 보니 서류에 구멍이 생겼지."
"구멍?"
"여기. '공유물 분할 청구 소송'이 진행 중인 필지가 껴있어. 아주 작은 땅인데, 알박기야."
"그게 왜요?"
"이 소송이 걸려 있으면 낙찰 받아도 소유권 이전이 안돼. 즉, 은행 대출이 안 나온다는 소리지."

내 눈이 번쩍 뜨였다. 민태석은 지금 현금이 없다. 전 재산을 털어 입찰 보증금을 넣고, 나머지는 낙찰 받은 땅을 담보로 경락잔금대출을 받아 잔금을 치를 계획일 거다. 그런데 대출이 안 나온다? 그럼 보증금만 날리고, 잔금 미납으로 경매는 취소된다. 민태석은 파산이다.

"와… 누나도 나처럼 경매 좀 했나보네?"

"이제 알았니? 근데 문제가 있어. 민태석도 바보는 아니야. 법원 경매계장 매수해서 이 사실을 '매각물건명세서'에서 누락시킬 거야. 아무도 모르게."

"그럼 우린 경매 당일, 법정에서 이걸 터뜨리면 되는 거고?"

"빙고."

수현 누나가 캔커피를 원 샷하고 구겨버렸다. 빈 캔이 찌그러지는 소리가 경쾌했다.

"근데 진혁아. 법리 싸움은 내가 해. 법정싸시 들어가는 건 네 몫이야."

"네?"

"경매 법정. 민태석이 그냥 두겠니? 깡패, 경찰 다 깔아놓고 너 오기만 기다릴 텐데. 뚫을 수 있겠어?"

나는 빨래방 유리창에 비친 내 모습을 봤다. 수배자. 도망자. 하지만 내 뒤에는 우리 팀이 있다.

"뚫어야죠. 혼자 가는 거 아니니까."

나는 주머니에서 폰을 꺼내 뉴스레터 하나를 보여줬다.

[꿀팁 예은의 특종! 구청장의 살인 장부를 공개합니다]

조회수 232만. 공유 수 57만. 댓글창이 폭발하고 있다.

[미쳤다… 이게 실화냐?]
[내일 법원 앞으로 모이자!]
[강진혁 지켜주자!]

어론의 바람이 불고 있다. 이건 단순한 응원이 아니다. 연대의 물결이다. 수십, 수백 명의 시민이 카메라를 들고 법원을 에워싼다면? 민태석의 깡패들도, 부패한 경찰들도 함부로 손을 못 댄다.

"이 정도면 레드카펫은 아니더라도, 길은 뚫리겠는데요?"

수현 누나가 화면을 보더니 헛웃음을 지었다.

"하, 진짜… 팀 한번 버라이어티하다. 깡패에 해커에, 이젠 시민들까지?"
"아유~ 그 정도는 해야죠! 자, 이제 가볼까요? 우리 팀 베이스캠프로"

수현 누나와 나는 다시 언덕을 올랐다. 누나는 굽 부러진 구두를 벗어 들고 맨발로 걸었다. 반지하 방. 문을 열자 마형님과 가온, 예은 씨, 그리고 피해자 청년들이 우리를 맞이했다. 좁은 방이 더 좁아졌다. 하지만 온기는 더 뜨거워졌다.

"왔어? 오, 변호사 양반! 살아있었네!"

마형님이 반갑게 소리쳤다. 수현 누나는 코를 막으며 인상을 썼지만, 입가에는 미소가 걸려 있었다.

"냄새나니까 좀 떨어져요. 다들 무사해서 다행이네요."

우리는 방바닥에 지도를 펼쳤다. 서울중앙지방법원 경매 법정 평면도. 그리고 민태석의 자금 흐름도. 마지막 결전의 날은 모레 아침 10시.

나는 에어팟은 없지만, 마음속으로 플레이 버튼을 눌렀다. 이번 작전의 테마곡. 가장 자신감 넘치고, 가장 건방진 노래가 필요하다.

2NE1의 〈내가 제일 잘 나가 (I AM THE BEST)〉.

♩ 탓, 타-탓, 탓! ♬ 공간을 단숨에 장악하는 오만한 압력. 비트가 잘게 쪼개지며 고막을 두드린다. ♪ 탓, 탓, 타-다-닷! ♩ 타협 없는 독주. 누구도 넘볼 수 없는 정점의 리듬. 세상이 내 발밑에서 박자를 맞춘다. ♬ 탓! ♪ 전율이 등줄기를 타고 흐른다. 내가 서 있는 이곳이 곧 중심이다.

"자, 브리핑 시작합니다."

내가 지휘봉(나무젓가락)을 들었다.

"가온이는 내일 아침까지 민태석의 차명 계좌 싹 다 동결 시도해. 1원이라도 묶어."

"오케이. 공격 준비 완료."

"예은 씨는 뉴스레터로 '법원 집결' 공지 띄워요. 제목은 '우리의 돈을 찾으러 가자!'. 드레스 코드는 검은 마스크."

"네! 벌써 5천 명이 좋아요 눌렀어요."

"마형님은… 붕대 좀 더 감으시고. 내일 운전대 잡을 수 있겠어요?"

"눈 감고 한 손으로도 한다, 인마."

"그리고 수현 누나."

나는 그녀를 봤다. 누나가 안경을 고쳐 쓰며 매섭게 말했다.

"난 내일 법원에서 민태석의 변호사들을 묵사발 낼 거야. 법조문으로 뼈도 못 추리게."

완벽하다. 모든 퍼즐이 맞춰졌다. 우리 팀 청년들은 지금 세상의 유령이다. 등기부에도 전혀 기록이 없고, 주민등록도 곧 말소될 위기인 존재들. 하지만 이런 유령도 떼로 덤비면, 살아있는 사람도 잡는다.

"목표는 하나입니다. 민태석의 파산. 그리고 낙찰."

나는 벽에 붙은 달력의 날짜에 빨간색 동그라미를 쳤다. D—Day.

"보여줍시다. 펜트하우스보다 반지하가 더 무섭다는 걸."

창문 밖으로 희미하게 동이 터오고 있었다. 아침이 온다. 하지만 민태석에게는 영원한 밤이 시작될 것이다. 내일 법정에서, 내 낙찰 봉이 그의 머리통을 내려칠 테니까.

악마의 초대 (Feat Jackpot)

D—Day 하루 전. 오후 2시. 관악구 반지하.

가온이가 꾸벅 졸고, 마형님은 계속 아픈지 앓는 소리를 낸다. 평화(?)롭다. 곰팡이 냄새마저 아늑하다. 벽에 기내 입찰 서류를 넘겼다. 내일 10시. 드디어 결전이다. 실수는 없다.

지잉-

바닥의 폰이 울렸다. '대포 폰'이다. 번호를 아는 건 우리 뿐인데, 이거 누구지?

[발신자 정보 없음]

쌔한데, 받았다.

"여보세요."

[……살아 있었네, 쥐새끼.]

긁히는 쇳소리. 민태석이다. 심장이 덜컥한다. 어떻게 알았지? 상관없다. 놈이 먼저 찾았으니까.

"회장님. 정정하시네요. 혈압 약은 드셨고?"

[주둥이는 여전하구나. 밥은 먹었냐?]

"아까 라면 먹었습니다. 아주 맛있게."

[쯧쯧. 내일이면 콩밥 먹을 놈이. 마지막 식사는 제대로 해야지.]

치익. 라이터 소리.

[너 살고 싶으면 지금 나와라. 밥 한번 먹자.]

"제가 왜요? 칼침 맞으라고?"

[강남 한복판이다. 칼부림 안 해. 그냥, 비즈니스다.]

"갑자기 비즈니스?"

[그래. 네 놈 목숨 값 흥정.]

주소를 부른다. 청담동 요정 '송죽'. 밀실 정치의 본산.

[그리고 너 혼자 와라. 쫄리면 기저귀 차고 오든가.]

뚝. 끊겼다. 이건 함정이다. 100%다. 하지만 그럼에도 가
야 한다. 놈이 패를 보이는데 가서 봐야지. 메모를 남겼다.

'산책 다녀옴. 쫄지 마셈.'

운동화 끈을 조였다. 지금 나는 악마와 겸상하러 간다.

오후 3시. 청담동.

고요하다. 높은 담장. 검은 세단들. 발렛 요원들이 내 추
리닝을 보고 인상을 쓴다.

"예약했습니다. 민 회장."

표정이 굳는다. 무전. 90도 인사.

"3번 방입니다."

복도를 걷는다. 다다미 냄새. 향냄새. 방마다 웃음소리. 세상은 평온한데, 나만 전쟁이다. 3번 방 앞. 덩치 큰 떡대 둘이 버티고 있다. 어깨에 손을 올린다. 쳐냈다.

"내 몸에 손대지 마. 밥맛 떨어져."

미닫이문을 열었다.
드르륵.
넓은 방. 자개상. 상석의 민태석. 회 한 점을 씹고 있다. 손짓한다.

"왔냐? 앉아라."

맞은편에 앉았다. 놈은 개량 한복 차림이다. 내 꼴을 훑
는다.

"벌써 거지꼴이네. 다 잃을 텐데, 안 쪽 팔리냐?"
"내가? 전혀. 훔친 옷보단 편한데?"

젓가락을 들었다. 참치 대뱃살. 윤기가 흐른다. 입에 넣었
다. 부드럽다.

"잘 먹네. 뱃속에도 거지 들었냐?"
"네. 회장님이 만든 거지들이요."

민태석이 잔을 채운다.

"독기만 남아서는. 장부는?"
"물론. 클라우드에. 안전하게."
"그거 까면 너도 죽어. 네가 그나마 지금까지 목숨이 붙어
있는 이유 알지? 거기 엮인 놈들이 한둘인 줄 아냐?"

지겨운 협박. 간장에 와사비를 풀었다.

"상관없어요. 이젠 저도 잃을 게 없어서."
"잃을 게 없어?"

민태석이 상 밑에서 무언가를 꺼냈다. 던진다. 투둑. 누런
봉투. 5만 원 권 다발.

"5억이다. 현찰."
"………."
"들고 떠나. 베트남이든 어디든. 새 인생 살아. 네가 좋아
하는 운동화, 평생 바꿔 신으면서"

회유. 5억. 큰돈이다. 반지하 월세 100년 치. 심박수가
1초 흔들렸다. 마형님 병원비, 가온이 등록금. 하지만 젓가
락질은 멈추지 않았다. 도미회 한 점. 쫄깃하다.

"맛있네요. 근데 이거 너무 짜다."
"뭐?"

"돈 비린내. 역해요."

봉투를 툭 밀었다.

"겨우 5억? 실망이네. 내 몸값이 그겁니까?"
"이 새끼가… 그럼 얼마? 10억? 20억?"
"아뇨. 돈은 필요 없습니다."

똑바로 쳐다봤다.

"원하는 건 하나. 회장님의 '파산'. 길바닥에 나앉는 꼴 보는 거."

민태석의 얼굴이 굳었다. 눈빛이 변한다. 악마의 눈. 술잔을 탁, 내려놓았다.

"말이 안 통하는 놈이구나. 그럼 다른 얘기 하자."

품에서 사진을 꺼냈다. 펼쳤다. 피가 식는다.

폐차장의 마동철. PC방의 가온. 편의점 앞 이예은. 관악구 반지하 입구.

"네 놈이 잃을 게 없다고?"

민태석이 속삭였다.

"저 깡패 새끼. 병원 대신 장의차 보내줄까?"
"………."
"해커 놈. 손가락 분질러주면 타자 못 칠 텐데."
"………."
"반지하 쥐새끼들. 오늘 밤 불이라도 나면 어찌 하나?"

주먹을 쥐었다. 손톱이 파고든다. 약점을 잡혔다. 나는 나를 위해 죽을 순 있어도, 남이 나 때문에 죽는 건 못 본다. 엄마 때처럼.

"선택해. 5억 받고 꺼질래? 친구들 장례식 치를래?"

민태석이 웃는다. 여유롭다. 숨이 막힌다. 항복? 여기서 물러나?

그때. BGM이 들린다. 내 마음속 플레이리스트. 이런 미친 상황에 딱 맞는 곡.

블락비(Block B)의 〈Jackpot〉. 따다- 다단-!

그래. 악마와는 거래하는 게 아니다. 도박을 해야지. 고개를 들었다. 랍스터 회를 집었다. 와작. 씹어 먹었다.

"회장님."

"결정했냐?"

"네."

삼켰다. 씨익 웃었다.

"방금 그 협박, 제대로 녹음 잘 됐습니다."

폰을 꺼내 흔들었다. 민태석의 눈썹이 꿈틀했다.

"그리고 하나 더. 간과하신 게 있는데."

"뭐?"

"내 친구들, 생각보다 강합니다."

일어났다.

"마형님? 전국구 조폭들 사이에서도 전설이었습니다. 회장님 애송이들로는 못 잡아요. 가온이? 걔가 맘만 먹으면 회장님이 초밥에 독극물 탔다고 조작해서 경찰 보냅니다."

5억 원 봉투를 들었다. 펄펄 끓는 매운탕 냄비 위로 가져갔다. 놓았다.

풍덩.

돈다발이 붉은 국물 속에 잠겼다. 민태석이 비명을 질렀다.

"야! 너 미쳤어?"

"육수나 우려 드시죠."

문을 열고 나갔다. 뒤에서 욕설이 들린다.

"저 새끼 잡아! 죽여!"

복도의 떡대들이 막아섰다. 멈추지 않았다. 눈에 힘을 줬다. 살기(殺氣). 벼랑 끝에 선 놈의 눈빛.

"비켜. 국물 뒤집어쓰기 싫으면."

떡대들이 움찔하며 길을 터줬다. 미친개는 건드리면 물린다.

요정을 빠져나왔다. 공기가 차갑다. 상쾌하다. 매연 냄새가 달콤하다.

하늘을 봤다. 구름 사이로 햇살. 잭팟은 터졌다. 주사위는 던져졌고, 판돈은 내 목숨이다.

문자 전송.

[내일 아침 10시. 법원에서 보자.]

달리기 시작했다. 청담동 명품 거리. 낡은 트레이닝복의 내가 질주한다. 사람들이 쳐다본다. 상관없다. 나는 지금 내 인생에서 가장 비싼 런닝을 하고 있으니까.

내일, 나는 민태석의 모든 것을 낙찰받는다. 그의 오만함까지 모조리.

서울을 달리는 법 (Feat RUN)

오전 9시 30분. 서초동 법조 타운. 공기가 무겁다. 안개가 낀 것처럼 시야가 흐리다. 이건 미세먼지가 아니다. 살기(殺氣)다. 법원 사거리. 평소라면 변호사 배시를 단 검은 세단들이 줄지어 들어갈 시간. 하지만 오늘은 다르다.

경찰 버스 여섯 대가 정문을 가로막고 차벽을 세웠다. 방패를 든 기동대가 개미 떼처럼 깔려 있다. 그 뒤로는 사복을 입은 덩치들. 민태석이 심어놓은 용역들이다. 명분은 '테러 위협 대비 시설 보호'. 실상은 '강진혁 출입 금지'다.

"와… 진짜 레드카펫 깔아났네."

골목 어귀. 낡은 용달 트럭 안에서 나는 헛웃음을 뱉었다. 조수석에는 수현 누나가 입술을 물어뜯고. 뒷좌석엔 가온이가 노트북을 끌어안고 떨고. 운전대를 잡은 마형님의 눈썹이 꿈틀거린다. 우리 앞에는, 미끼로 쓸 '검은색 카니발'이 시동을 켠 채 대기 중이다. 유리창은 깨졌고, 문짝은 찌그러진 그 차다. 그저께 성북동에서 타고 탈출했던, 번호판이 털린 바로 그 차.

"형님. 진짜 괜찮겠어요?"

내가 무전기를 들고 물었다. 카니발 운전석에 앉은 마형님이 창밖으로 엄지를 치켜세웠다.

[걱정 마. 내가 누구냐. 전국구 베스트 드라이버 아니냐.]
"잡히면 최소 징역이에요."
[학교 밥 맛있어. 그리고 나, 벌써 전과 7범이다. 하나 더 는다고 티도 안 나.]

형님이 낄낄거렸다. 그의 왼쪽 어깨엔 붕대가 감겨 있다. 한 손 운전이다. 하지만 눈빛은 그 어느 때보다 형형하다.

"시간 없다. 10시 경매 시작이다. 신호주면 튀어."

마형님이 비장하게 말했다. 나는 고개를 끄덕였다. 에어팟은 없다. 하지만 머릿속에서 비트가 재생된다. 이 상황에 가장 어울리는 곡. **방탄소년단(BTS)의 〈Run〉.** ♩ 탁, 탁, 타닥! ♫ 다시 가속하는 심장 박동. 숨이 턱밑까지 차올라도 멈추지 않는다. ♪ 탁, 탁, 타닥! ♩ 다시 일어서는 박자. 오히려 더 거세게 몰아치는 가속도. ♫ 슈우욱, 팟! ♪ 바람을 가르는 비트의 응원. 심장이 터질 때까지, 질주한다.

"하이– 큐!"

내가 소리쳤다. 동시에 마형님이 카니발의 엑셀을 끝까지 밟았다.

부아앙–! 디젤 엔진이 비명을 질렀다. 타이어가 아스팔트를 갈아버릴 듯 헛돌더니, 검은 괴물이 튀어나갔다. 목표는

법원 정문이 아니다. 정문 옆, 경찰 병력이 집중된 검문소다.

"어! 저거 수배 차량이다!"
"잡아! 막아!"

형사들이 고함을 질렀다. 호루라기 소리가 사거리를 뒤덮었다. 카니발은 멈추지 않았다. 오히려 속도를 높였다. 쾅! 카니발이 바리케이드를 들이받았다. 라바콘들이 볼링핀처럼 날아갔다. 순찰차 두 대가 사이렌을 울리며 카니발의 뒤를 쫓았다. 경찰 병력이 우르르 그쪽으로 쏠렸다. 시선이 분산됐다.

"지금이야! 내려!"

나는 용달 트럭 문을 열었다. 수현 누나도 내렸다. 우리는 서로 눈짓을 교환했다. 누나는 변호사 출입구 쪽으로 뛰었다. 법조인 신분증이 있으니 어떻게든 뚫을 거다. 문제는 나다. 나는 하객용 슈트 위에 헐렁한 후드티를 겹쳐 입었다.

검은 마스크. 모자. 전형적인 범죄자 모습이다. 하지만 지금은 이게 내 위장복이다.

나는 법원 동관(東館) 쪽으로 달렸다. 그곳에 '그들'이 있다.

"어? 왔다! 강진혁이다!"

누군가 소리쳤다. 경찰이 아니다. 시민이다. 법원 동문 앞 광장. 수백 명의 사람들이 모여 있다. 손에는 스마트폰, 피켓, 그리고 마스크. 예은 씨의 뉴스레터를 보고 모인 사람들이다. 전세 사기 피해자, 취준생, 그리고 그냥 세상이 뒤집히길 바라는 평범한 사람들. 약속된 드레스 코드는 '검은 마스크'.

나는 그 검은 물결 속으로 뛰어들었다. 숨을 곳이 없다면, 나무가 되어 숲에 숨으면 된다.

"강진혁 씨! 이쪽이에요!"
"저희가 막아줄게요!"

사람들이 나를 알아보고 길을 터줬다. 그리고 내 뒤를 인간 벽으로 막아섰다. 뭉클하다. 돈 받고 고용된 용역들이 아니다. 자발적인 연대다. 등기부에는 이름 한 줄 없지만, 이 거리의 주인들이다.

"비키세요! 공무 집행 중입니다!"

전경들이 곤봉을 들고 밀고 들어왔다. 시민들이 서로 팔짱을 끼고 스크럼을 짰다.

"밀지 마세요!"
"전세 사기범이나 잡지 왜 엄한 사람을 잡아요!"

고성이 오간다. 몸싸움이 벌어진다. 나는 그 혼란을 틈타 인파 사이를 헤엄치듯 빠져나갔다. 법원 건물 입구가 보인다. 거리 50미터. 하지만 입구에는 사복 입은 덩치들, 민태석의 사냥개들이 지키고 있다. 놈들은 시민들을 무시하고 눈에 불을 켜고 나를 찾고 있다.

"저기 있다! 후드 티!"

들켰다. 역시 프로들이다. 군중 속에서도 내 걸음걸이를 찾아냈다. 덩치 셋이 인파를 뚫고 달려온다. 시민들이 막아보려 했지만, 놈들의 힘에 밀려 넘어졌다.

거리 30미터. 막혔다. 정면 돌파는 불가능하다. 그렇다면 길을 만든다.

나는 입구 옆에 세워진 방송사 중계차를 봤다. 높이 2.5미터. 가능하다. 나는 방향을 틀었다. 입구가 아니라 중계차를 향해 전력 질주했다.

"저 새끼 어디 가!"

덩치들이 뒤따라온다. 나는 중계차 범퍼를 밟았다. 도약. 왼손으로 사이드미러를 잡고 반동을 이용해 지붕 위로 뛰어올랐다.

쿵. 지붕이 찌그러지는 소리. 나는 멈추지 않았다. 중계차 지붕에서 법원 건물 2층 테라스 난간을 향해 뛰었다. 공중부양. 체공 시간 1초. 중력이 나를 끌어내리려 했지만, 내 손끝이 난간에 걸렸다.

"억!"

어깨가 빠질 듯 아프다. 턱걸이하듯 몸을 끌어올렸다. 2층 테라스. 아래를 내려다봤다. 덩치들이 닭 쫓던 개처럼 욕을 퍼붓고 있다. 시민들이 환호성을 지른다.

"와! 올라갔다!"
"강진혁 파이팅!"

나는 숨을 골랐다. 후드를 벗어 던졌다. 땀에 젖은 네이비 슈트. 넥타이를 고쳐 맸다. 이제부터는 내 주특기인 파쿠르나 달리기가 아니다. 법정 드라마다.

유리문을 밀었다. 잠겨 있지 않다. 복도로 들어섰다. 법원 공무원들이 놀란 눈으로 나를 쳐다본다.

"누, 누구세요? 여기 관계자 외 출입 금진데……."

나는 씩 웃으며 헝클어진 머리를 쓸어 넘겼다.

"입찰자입니다. 돈 좀 쓰러 왔습니다."

나는 계단을 뛰어 내려갔다. 1층 경매 법정. 복도 끝에 육중한 나무로 된 문이 보인다. 그 앞에 민태석의 변호사들과 경호원들이 진을 치고 있다. 마지막 관문이다.

그때, 반대편 엘리베이터가 열렸다. 또각, 또각. 익숙한 구두 소리. 수현 누나다. 누나의 뒤에는 법원 경비대장과 검찰 수사관(누나의 옛 동료)들이 따르고 있다.

"어머, 강 대표. 좀 늦었네?"

수현 누나기 안경을 치켜 올리며 내게 윙크했다. 누나의 손에는 두툼한 서류 봉투가 들려 있다. 민태석을 보낼 저승 길 티켓이다.

"차가 좀 막혀서요."
"들어가자. 호가 쓰러."

경호원들이 우리를 막으려 했지만, 수현 누나가 데려온 검찰 수사관들이 배지를 내밀었다.

"비키십시오. 공무 집행 방해로 체포하기 전에."

길이 열렸다. 홍해처럼 갈라진 길 끝에 법정 문이 있다. 저 문을 열면 민태석이 있다. 내 인생을 망치고, 내 어머니를 죽이고, 수많은 청춘을 짓밟은 그놈이.

나는 심호흡을 했다. 심박수 120bpm. 안정적이다. 마지막 러닝이다.

끼이이익– 무거운 문이 열렸다. 법정 안의 모든 시선이 쏠렸다. 경매 집행관, 입찰자들, 그리고 맨 앞줄에 앉아 승리자의 미소를 짓고 있던 민태석. 그의 표정이 순식간에 구겨졌다.

나는 뚜벅뚜벅 걸어 들어갔다. 법정 한가운데 섰다. 민태석과 눈이 마주쳤다. 나는 입모양으로 말했다.

'나 왔어. 집행하러.'

나는 에어팟은 없지만, 분명히 들었다. 놈의 심장이 덜컥, 하고 내려앉는 소리를. 이제 내 턴이다.

법정의 심리학 (Feat GAMBLER)

오전 10시 5분. 서울중앙지방법원 제4 경매법정. 바깥세상은 전쟁터지만, 이곳은 거대한 무덤 속처럼 고요하다. 방음벽이 소음을 차단한다. 들리는 건 서류 넘어가는 소리, 기침 소리, 그리고 억눌린 욕망들이 내뱉는 거친 숨소리뿐. 법정 안의 공기는 무겁고 탁하다. 오래된 나무 책상 냄새. 인주 냄새. 그리고 돈 냄새.

나는 복도를 가로질러 걸어갔다. 뚜벅, 뚜벅. 훔친 구두는 아니지만, 훔친 슈트에 어울리는 걸음걸이로. 사람들의 시선이 내 등에 꽂힌다.

"저 사람 강진혁 아니야?"
"수배 중이라더니 여기 어떻게 들어왔어?"

웅성거림이 파도처럼 번진다. 법원 경위들이 나를 주시하지만, 아직 움직이지 않는다. 수현 누나가 데려온 검찰 수사관들이 뒤를 막아주고 있으니까.

맨 앞줄. 민태석이 앉아 있다. 그의 양옆에는 대형 로펌 변호사들과 덩치 큰 경호원들이 병풍처럼 둘러싸고 있다. 철옹성이다. 하지만 내 자리는 있다.

나는 민태석의 바로 옆자리, 그의 바지 사장(태성개발 대표)이 앉아 있는 곳으로 갔다. 바지 사장이 나를 올려다보며 인상을 찌푸렸다.

"뭡니까? 여긴 관계자 외……."
"비켜요. 내 자리니까."

나는 웃지 않았다. 눈으로 말했다. '안 비키면 여기서 소란 피워서 경매 지연시킨다.

민태석이 바지 사장의 팔을 쳤다. 비키라는 신호다. 지금 그는 1분 1초가 급하다. 소란이 일어나 경매가 미뤄지면 자금줄이 말라죽는다. 바지 사장이 투덜거리며 뒷자리로 물러났다. 나는 의자를 빼고 털썩 앉았다. 다리를 꼬았다. 민태석과 나의 거리, 30센티미터. 그에게서 짙은 스킨 냄새가 난다. 공포가 밴 식은땀 냄새를 감추려는 필사적인 노력이다.

"회장님. 혈색이 안 좋으시네."

내가 작게 속삭였다. 시선은 정면 집행관석을 향한 채. 민태석은 대답하지 않았다. 턱 근육만 꿈틀거린다.

"어제 케이크는 맛있었습니까? 생크림 범벅이던데."
"………."
"아, 굳이 대답 안 하셔도 됩니다. 곧 입이 찢어지게 놀라실 테니까."

민태석의 손이 허벅지 위에서 주먹을 쥐고 있다. 부들부들 떤다. 그는 참고 있다. 이 경매만 끝나면, 낙찰만 받으면, 그 땅을 담보로 대출을 일으켜 권력을 사고, 나를 쥐도 새도 모르게 죽여버리겠다는 생각 하나로 버티는 중이다.

땅, 땅, 땅.
집행관이 망치를 두드렸다.

"지금부터 사건번호 2025 타경 1828, 강남구 도곡동 재건축 부지 외 4필지에 대한 경매를 진행하겠습니다."

시작됐다. 감정가 800억. 3회 유찰. 최저 매각 가격 409억 6천만 원. 보증금만 10%, 약 41억 원이다. 재매각이 아니니 보증금 할증은 없다. 딱 10%다. 하지만 41억은 현금이다. 수표 한 장으로 준비해야 한다.

"입찰하실 분들은 앞으로 나와 주십시오."

사람들이 주섬주섬 일어난다. 대부분 민태석이 심어놓은

허수아비들이다. 경쟁률이 높은 척 분위기를 띄우려는 바람잡이들. 민태석이 바지 사장에게 눈짓했다. 바지 사장이 품 안에서 누런 대봉투를 꺼냈다. 그 안에 입찰표와 41억짜리 수표가 들어있을 거다. 민태석이 긁어모을 수 있는 마지막 현금.

나도 일어났다. 민태석이 나를 올려다봤다. 눈빛이 흔들린다.

"네놈이 입찰을 한다고? 빈털터리 주제에?"

그가 뇌까렸다. 목소리가 갈라져 있다. 맞다. 내 계좌는 동결됐다. 내 주머니엔 십 원짜리 하나 없다. 법원 경매의 룰은 냉정하다. 봉투를 깠을 때 1원이라도 부족하면 무효다. 사정 따윈 안 봐준다. 나도 안다. 민태석도 안다. 하지만 민태석이 모르는 게 하나 있다. **내 손에 들린 봉투의 무게.**

"글쎄요. 회장님 비밀 금고, 털린 거 아시죠?"

나는 주머니에서 두툼한 대봉투를 꺼내 보였다. 묵직하

다. 안에 뭐가 들었는지는 나만 안다. 하지만 민태석의 눈에는, 저 안에 자기가 잃어버린 '비자금 수표'가 들어있는 것처럼 보일 거다.

"설마…….."

민태석의 동공이 지진을 일으킨다.

'저 새끼가 내 돈을 훔쳐서 보증금을 냈나? 만약 저놈이 나보다 1원이라도 더 쓰면?'

의심은 공포를 낳고, 공포는 이성을 마비시킨다. 이건 경매가 아니다. 포커판이다.

나는 기표소로 걸어갔다. 커튼을 쳤다. 입찰 표를 꺼냈다. 볼펜을 잡았다.

사건번호 2025 타경 1828.

입찰자: 강진혁. 그리고 입찰가격.

나는 숫자를 적었다. **85,000,000,000.** 850억. 감정가를

넘어서는 미친 금액이다. 물론, 내 봉투 안에 약 41억(최저매각가격의 10%만 있으면 입찰 가능하다)짜리 수표는 없다. 들어있는 건 어제 빨래방에서 구한 빳빳한 A4 용지 뭉치뿐이다. 어차피 개찰하는 순간 무효다. 집행관이 "보증금 미납입니다" 하고 던져버릴 종이쪼가리다.

하지만 상관없다. 내 목표는 낙찰이 아니다. 민태석의 '멘탈 붕괴'다.

봉투를 밀봉했다. 스테이플러로 꽉 찍었다. 기표소 밖으로 나왔다. 마감 시간 3분 전. 입찰함 앞에는 법원 사무관이 서 있다. 민태석의 바지 사장이 먼저 입찰함 앞에 섰다. 나를 힐끗 본다. 손을 떤다. 나는 그 옆에 섰다. 민태석의 시선이 내 손에 들린 봉투에 꽂혔다.

나는 입모양으로 말했다.

'뺏기겠네? 네 땅.'

그리고 봉투를 입찰함 투입구에 넣었다.

툭. 둔탁한 소리. 종이 뭉치의 무게감이 바닥을 울렸다.

민태석이 벌떡 일어났다. 공포가 임계점을 넘었다. 그는 내가 훔친 돈으로 800억, 아니 900억을 썼을지도 모른다고 착각하고 있다. 만약 뺏기면 그는 끝이다. 구속은 확정이고, 숨겨둔 재산도 다 날린다. 차라리 무리해서라도 낙찰 받는 게 낫다고 판단할 거다.

"야! 잠깐!"

민태석이 바지 사장의 멱살을 잡고 끌어당겼다.

"다시 써."
"네? 회장님, 최저가보다 조금만 더 쓰면⋯⋯."
"닥치고 다시 써! 저 새끼가 얼마를 썼을지 몰라! 무조건 가져와야 해!"

민태석의 눈이 뒤집혔다.

"얼마나요?"
"최대한 써! 600억⋯ 아니, 710억 써!"

미친 짓이다. 시세보다 300억은 비싸게 사는 꼴이다. 게다가 잔금 대출이 안 나오면 보증금은 고스란히 법원에 몰수당한다. 하지만 지금 민태석의 뇌에는 '낙찰'이라는 두 글자밖에 없다.

바지 사장이 울상을 지으며 다시 기표소로 들어갔다. 새 입찰표를 쓴다. 손이 떨려서 숫자를 세 번이나 고쳐 쓴다. 그리고 마감 10초 전. 헐레벌떡 뛰어나와 입찰함에 봉투를 집어넣었다.

"마감하겠습니다!"

집행관이 종을 쳤다. 민태석이 의자에 털썩 주저앉았다. 넥타이를 거칠게 풀었다. 식은땀이 비 오듯 흐른다. 그는 나를 노려보며 거칠게 숨을 몰아쉬었다.

'봤냐? 내가 이겼어. 돈은 내가 더 많아.' 하는 눈빛이다.

나는 자리로 돌아오지 않았다. 법정 뒤편, 수현 누나가 서 있는 곳으로 걸어갔다. 그녀가 팔짱을 낀 채 피식 웃었다.

"얼마 썼어?"

"850억."

"미친놈. 돈도 없으면서."

"돈은 없지만 가오는 있으니까."

나는 어깨를 으쓱했다. 어차피 내 입찰은 무효다. 하지만 내 '액션' 덕분에 민태석은 방금 700억짜리 폭탄을 끌어안았다. 이제 그 폭탄의 심지에 불을 붙일 차례다.

"개찰(開札) 시작하겠습니다."

집행관이 입찰함을 뒤집었다. 수북한 봉투들이 쏟아져 나왔다. 사건별로 분류가 시작된다. 법정 안의 공기가 팽팽하게 당겨졌다.

"사건번호 2025 타경 1828."

집행관이 봉투 두 개를 집어 들었다. 하나(내 것)는 두툼하고, 하나(민태석 것)는 얇다. 집행관이 먼저 내 봉투를 뜯었다. 안에서 A4 용지 뭉치와 입찰표가 나왔다. 집행관의 미간이 찌푸려졌다. 수표가 없다. 그는 마이크를 잡고 건조하게 말했다.

"입찰자 강진혁. 보증금 미납으로 무효입니다."

법정 안에 웅성거림이 퍼졌다.

"뭐야? 장난친 거야?"

민태석이 고개를 들었다. 멍한 표정으로 나를 본다. 상황파악이 안 되는 눈치다.

'돈이… 없어?' 그럼 내가 쓴 710억은?

집행관은 곧바로 다음 봉투, 민태석 쪽의 봉투를 뜯었다. 수표를 확인한다. 입찰표를 본다.

"최고가 매수 신고인. 주식회사 태성개발."

"입찰 금액… 710억 원."

낙찰이다. 민태석이 원하던 대로 됐다. 하지만 그의 표정은 승리자의 것이 아니다. 자신이 허깨비와 싸우느라 300억을 허공에 날렸다는 사실을 깨달은 패배자의 얼굴이다. 그가 벌떡 일어나 나에게 삿대질을 하려 했다.

"이… 이 사기꾼 새끼가…!"

바로 그때. 옆에 서 있던 수현 누나가 손을 들었다. 그녀의 목소리가 법정을 쩌렁쩌렁 울렸다.

"잠깐만요! 집행관님!"
"이 매각 절차, 중대한 하지기 있습니다!"

수현 누나가 앞으로 걸어 나갔다. 그녀의 손에는 민태석을 지옥으로 보낼 진짜 서류가 들려 있었다. 이게 변호사의 아우라인가.
민태석의 눈이 공포로 물들기 시작했다. 710억 원짜리 낙찰이, 710억 원짜리 빚더미로 바뀌는 마법을 볼 시간이다.

나는 뒷짐을 지고 에어팟 케이스를 만지작거렸다. 머릿속 BGM이 바뀐다. 도박사의 노래는 끝났다. 이제는 심판의 노래다.

100억 원짜리 묘수

민태석이 의자 등받이에 몸을 기대며 긴 숨을 토해냈다.

"후우……."

그의 이마에서 식은땀이 비 오듯 흘러내려 셔츠 깃을 적셨다. 손은 여전히 떨리고 있었지만, 입가에는 비릿한 미소가 번졌다. 살았다는 안도감. 그리고 나를 이겼다는 우월감.

그는 옆자리의 바지 사장 어깨를 툭 쳤다.

"잘했어. 710억? 까짓 거 땅값 오르면 금방 메꿔. 일단 내 거 됐잖아."

그는 나를 쳐다보지도 않았다. 이미 나는 그의 안중에서 사라진 패배자였다. 주변의 변호사들이 그에게 악수를 청했다.

"축하드립니다, 회장님."
"역시 통이 크십니다. 강남의 랜드마크가 될 겁니다."

축제 분위기다. 샴페인이라도 터뜨릴 기세다. 나는 뒷짐을 진 채 그 꼴을 지켜봤다. 즐겨라. 지금이 네 인생의 마지막 파티니까.

수현 누나가 안경을 치켜올렸다. 그녀가 앞으로 나갔다. 또각, 또각. 하이힐 소리가 법정의 소란을 갈랐다.

"이 매각 절차, 중대한 하자가 있습니다!"

차갑고 건조한 목소리. 법정 안의 모든 시선이 그녀에게
쏠렸다. 집행관이 고개를 들었다.

"무슨 일입니까?"
"방금 낙찰된 사건번호 2025 타경 1828. 매각 허가 결정
에 대해 중대한 이의를 제기합니다."

민태석이 인상을 찌푸리며 돌아봤다.

"뭐야? 이미 끝났잖아. 웬 미친 여자가……."
"미친 여자 아닙니다. 채권자 대리인입니다."

수현 누나가 서류 봉투를 집행관석 위에 탁, 올려놓았다.
그리고 민태식을 향해 서늘하게 웃었다. 그녀는 손가락으
로 법정 방청석 맨 뒷줄을 가리켰다. 거기엔 말끔한 정장을
입은 중년 남자가 앉아 있었다. S은행 김 팀장. 민태석에게
낙찰 잔금 대출을 해주기로 약속된 은행 간부다.

"김 팀장님. 이 물건, 대출 승인 나셨습니까?"

수현 누나가 물었다. 민태석이 당황해서 소리쳤다.

"무슨 소리야! 이미 얘기 다 끝났어! 보증금 빼고 나머지 669억, 은행에서 대주기로 했다고!"

김 팀장은 난처한 표정으로 헛기침을 했다. 그리고 자리에서 일어났다.

"저… 민 회장님. 상황이 좀 달라졌습니다."
"뭐?"
"방금 저희 심사역 쪽에서 연락이 왔는데… 해당 물건지에 '소송'이 걸려 있더군요. 그것도 '공유물 분할 청구 소송'이요."

법정 안이 술렁거렸다. 경매꾼들은 안다. 저 단어가 얼마나 무서운지. 땅은 깨끗해야 한다. 그래야 은행이 담보를 잡고 돈을 빌려준다. 그런데 땅 주인이 여러 명이고, 그들이 "이 땅을 쪼개자"고 소송을 하고 있다면? 은행은 절대 돈을 빌려주지 않는다. 권리 관계가 복잡해지니까.

민태석의 얼굴이 흙빛으로 변했다.

"소, 소송? 무슨 소송! 내 땅인데 누가 소송을 걸어!"
"접니다."

내가 손을 들었다. 민태석의 눈이 튀어나올 듯 커졌다.

"너…?"
"회장님, 등기부 꼼꼼히 안 보셨죠? 너무 급해서."

나는 주머니에서 꼬깃꼬깃한 등기부등본 한 장을 꺼냈다.

"이 새건축 부지 한가운데. 딱 1평(3.3㎡). 알박기 되어 있는 땅 아시죠? 그기 원래 주인 없는 땅인 줄 아셨겠지만… 제가 샀거든요. 저번 달에."

거짓말 아니다. 가온이가 찾아낸 자투리땅. 주인 없는 땅이 아니라, 상속 문제로 방치된 땅이었다. 내가 헐값에 매입해서 내 명의로 돌려놨다. 그리고 수현 누나가 그 땅에 대해

'공유물 분할 소송'을 걸어버렸다. 즉, 민태석이 낙찰 받은 710억짜리 땅 한복판에, 법적으로 분쟁 중인 내 땅 1평이 박혀 있는 거다.

"이 소송 안 끝나면, 은행 대출 안 나옵니다. 1심, 2심, 대법원까지… 한 3년 걸리려나?"

나는 김 팀장을 봤다.

"팀장님. 소송 중인 물건에 90% 경락잔금대출, 가능합니까?"

김 팀장은 단호하게 고개를 저었다.

"규정상 불가능합니다. 대출 승인 취소하겠습니다."

김 팀장이 서류 가방을 챙겨 법정을 나가버렸다. 민태석이 비명을 질렀다.

"팀장! 김 팀장! 거기 서! 야!"

끝났다. 민태석은 710억을 써냈다. 그중 41억은 보증금으로 냈다. 나머지 669억을 한 달 안에 현금으로 내야 한다. 하지만 은행은 등을 돌렸다. 다른 은행도 마찬가지 일거다. 민태석에게 그만한 현금은 없다. 결과는 뻔하다. 잔금 미납. 그리고 보증금 41억 몰수.

민태석이 부들부들 떨며 나를 노려봤다.

"이… 이 개자식이… 고작 그거 때문에 대출을 막아? 내가 사채를 써서라도 갚을 거야! 내 친구들이 돈 빌려줄 거라고!"

"아, 사채요?"

수현 누나가 끼어들었다.

"그것도 힘들 텐데요. 빚이 더 늘어날 예정이라."

"뭐?"

끼이이익-

법정의 육중한 나무로 된 문이 다시 열렸다. 이번엔 한두 명이 아니다. 작업복을 입은 사내들 수십 명이 우르르 몰려 들어 왔다. 안전모에는 흙먼지가 묻어 있고, 손에는 거친 굳은살이 박혀 있다. 민태석의 재건축 현장에서 일했던 하청 업체 사장들이다. 돈 못 받고 쫓겨났던 사람들. 내가, 그리고 마형님이 일일이 찾아다니며 규합한 '진짜 채권자'들이다.

그들의 맨 앞. 붕대를 감은 마동철 형님이 서 있었다. 한 손엔 서류 뭉치, 한 손엔 '유치권 행사 중'이라고 적힌 피켓을 들고.

"회장님, 공사비 주셔야죠."

마형님이 쩌렁쩌렁한 목소리로 외쳤다. 그 뒤로 작업반장들이 소리쳤다.

"내 돈 내놔! 3년 동안 개고생하며 벽돌 쌓은 돈 내놓으라고!"
"자재비 떼먹고 튀면 다냐!"

마형님이 집행관 앞으로 걸어 나갔다. 서류 뭉치를 내려 놓았다.

[유치권 권리 신고서].

"여기 모인 업체들 미지급 공사비, 합쳐서 150억입니다. 저희는 이 땅 못 비켜줍니다. 돈 줄 때까지 드러누울 겁니다."

법정은 아수라장이 되었다. 유치권. 경매의 핵폭탄. 낙찰자가 물어줘야 하는 빚이다. 민태석은 710억에 땅을 샀는데, 대출은 안 나오고, 추가로 150억을 더 물어줘야 한다. 이건 낙찰이 아니다. 자살 행위다.

민태석은 넋이 나간 사람처럼 입을 벌리고 있었다. 계산이 안 되는 거다. 41억 날리는 걸로 끝나는 게 아니다. 잔금을 못 내면 경매는 취소되고, 재경매가 나온다. 하지만 유치권 150억이 걸려 있고, 소송까지 걸려 있는 땅을 누가 살까? 아무도 안 산다. 똥값이 될 때까지 유찰된다. 결국 민태석의 자산 가치는 '0원'으로 수렴한다.

"으… 으아……."

민태석이 가슴을 움켜쥐었다. 과호흡이 왔다. 그는 바지
사장의 멱살을 잡고 흔들었다.

"야! 돈 가져와! 어디서 돈 좀 구해와!"

바지 사장은 겁에 질려 뒷걸음질 쳤다. 주변의 변호사들
도 슬금슬금 자리를 피했다. 침몰하는 배에서 쥐새끼들이
탈출하고 있었다.

나는 민태석 앞으로 걸어갔다. 가까이. 아주 가까이. 그의
눈동자에 내 얼굴이 비칠 때까지.

"회장님."

내가 불렀다. 민태석이 초점 없는 눈으로 나를 봤다.

"보증금 41억. 그거 법원이 꿀꺽한답니다."
"………."

"아깝네. 그 돈이면 피해자들 전세금 다 돌려줄 수 있는데."

나는 바닥에 떨어진 민태석의 명품 넥타이를 주워 그의 목에 걸어주었다. 올가미처럼.

"축하합니다. 대한민국에서 제일 비싼 1평짜리 땅의 옆집 주인이 되신 걸."
"으아아아악!"

민태석이 비명을 지르며 바닥을 굴렀다. 분노인지, 공포인지, 아니면 미쳐버린 건지 알 수 없는 괴성. 법원 경위들이 달려와 그를 제압했다.

"놓아! 내가 누군지 알아! 나 강남구청장이야! 너네 다 죽여 버릴 거야!"

발악은 길지 않았다. 법정 문이 열리고, 수현 누나의 옛 동료인 검찰 수사관들이 영장을 들고 들어왔으니까. 타이밍 한번 기가 막히다. 파산 선고와 동시에 구속 영장 집행이라니.

"민태석 씨. 살인 교사, 뇌물 수수, 그리고 공직 선거법 위반 혐의로 체포합니다."

수갑이 채워졌다. 찰칵. 차가운 금속성 소리가 법정의 소란을 잠재웠다. 민태석은 끌려 나가면서도 나를 노려봤다. 하지만 그 눈빛엔 더 이상 힘이 없었다. 독기 빠진 뱀의 눈.

나는 그 모습을 보며 에어팟 케이스를 닫았다. 음악은 끝났다. 아니, 이제 엔딩 크레딧이 올라갈 시간이다.

수현 누나가 내 옆으로 왔다.

"수고했어. 연기 좀 하던데?"
"누나 시나리오가 좋았지."

마형님이 붕대 감은 손으로 엄지를 치켜세웠다. 법정 밖 복도에서 가온이와 예은 씨가 뛰어 들어오고 있었다. 그들의 얼굴에 환한 미소가 걸려 있었다.

나는 넥타이를 풀었다. 답답했다. 이제 이 불편한 슈트도, 도망자 생활도 벗어던질 시간이다.

"가자. 뒤풀이하러."

우리는 법정을 나섰다. 등 뒤로 경매 집행관의 목소리가 들려왔다.

"사건번호 2025 타경 1828… 차순위 매수 신고인 없으므로, 해당 사건은 유찰 처리합니다."

완벽한 유찰. 그리고 완벽한 승리였다.

불면증의 끝 (Feat 무릎)

하늘이 붉다. 노을이 번진다. 법원에서의 전쟁이 끝나고 24시간이 지났다. 전화기는 꺼뒀다. 가온이와 마형님, 수현 누나는 지금쯤 사무실에서 승리의 맥주를 마시고 있을 거다. 하지만 나는 아직 해야 할 숙제가 남았다.

납골당 2층. C열 14번. 유리창 너머로 엄마의 사진이 보인다. 10년 전, 철거 용역들에게 밀려 넘어지기 전 찍었던, 환하게 웃고 있는 사진. 그 옆에는 내가 훈련소에서 보냈던

편지와, 엄마가 좋아하던 사탕 몇 알이 놓여 있다.

나는 유리창 앞에 섰다. 주머니에서 신문 스크랩을 꺼냈다. 오늘 아침에 나온 조간신문 1면.

[강남구청장 민태석, 살인 교사 및 뇌물 수수 혐의로 구속…'태성개발' 파산 신청].

빨간 줄이 그어진 그 기사를 곱게 접어 유리창 틈새에 끼워 넣었다.

"보고했어. 숙제 끝."

말은 건조하게 나왔지만, 목구멍이 뜨거웠다. 10년이다. 이 종이 쪼가리 한 장을 보여주기 위해, 나는 미친개처럼 달리고 또 달렸다. 내일 밤 약을 먹어야 잠들 수 있었고, 에어팟 없이는 세상의 소음을 견딜 수 없었다. 그런데, 이제 끝났다.

"엄마. 나 이제 집 샀어. 아주 큰 집."

유리창에 이마를 댔다. 차갑다.

"거기엔 억울한 사람 없어. 쫓겨날 걱정도 없고. 그냥…
시끄럽고 사람 냄새 나는 곳이야."

대답은 없다. 하지만 사진 속 엄마의 눈이 조금 더 휘어지
는 것 같았다. 나는 주머니를 뒤적였다. 항상 가지고 다니던
갈색 약병. 수면유도제. 뚜껑을 열었다. 하얀 알약들이 찰
랑거렸다. 나는 쓰레기통으로 걸어갔다. 망설임 없이 약병
을 거꾸로 들었다.

후두둑. 알약들이 쓰레기통 속으로 쏟아져 내렸다.

"이제 필요 없어."

나는 다시 엄마 앞에 섰다. 에어팟을 꺼냈다. 항상 비트가
빠르고 강한 노래, 나를 채찍질하는 노래만 들었다. 하지만
오늘은 다르다. 플레이리스트의 가장 밑바닥, 한 번도 재생
하지 않았던 곡을 누른다.

아이유(IU)의 〈무릎〉. 도— 솔— 미— 건반이 아주 천천

히, 스르르, 슥— 스르르, 슥— 조심스럽게 공기 중으로 내려앉는다.

피아노 선율이 흐른다. 가슴 속에 뭉쳐 있던 딱딱한 응어리가, 눈 녹듯 사라진다. 다리에 힘이 풀린다. 나는 납골당 바닥에 주저앉았다. 유리창 너머 엄마를 보며, 무릎을 끌어안았다.

눈을 감았다. 어둠이 무섭지 않다. 쫓기는 꿈도, 떨어지는 꿈도 꾸지 않을 것 같다. 노래가 끝날 때까지만, 아주 잠깐만.

"잘 자, 엄마. 나도 좀 잘게."

나는 깊은 숨을 내쉬었다. 지난 10년 중, 가장 편안한 숨소리였다.

노을이 완전히 지고, 별이 뜰 때까지. 나는 그곳에 있었다. 이제야 비로소, 긴 러닝을 멈추고 쉴 수 있었다.

성북동 짜장면 파티 (Feat 시작)

계절이 바뀌었다. 겨울바람에 섞여 있던 칼날이 무뎌졌다. 목련이 핀다. 서울중앙지방법원 앞의 차벽도, 시위대도 사라졌다. 대신 비둘기들이 평화롭게 구구거리며 떨어진 과자 부스러기를 쪼아 먹고 있다.

오전 10시. 제4경매법정. 나는 다시 그 자리에 앉아 있다. 하지만 공기는 다르다. 3개월 전에는 살기가 가득했지만, 지금은 나른하다. 집행관도 하품을 참으며 서류를 넘긴다.

"사건번호 2025 타경 1828. 강남구 도곡동 재건축 부지 외 4필지."

사람들이 웅성거리지 않는다. 관심이 없다. 당연하다. 지난번 민태석이 710억에 낙찰 받았다가 잔금 미납으로 포기한 물건이다. 그 후로도 유찰, 유찰, 또 유찰. 소송 걸려 있지, 유치권 150억 걸려 있지, 전 주인이 살인 교사 혐의로 구속된 흉가이지. 아무도 거들떠보지 않는 '폭탄'이 되었다.

아직도 감정가 150억. 하지만 5회 유찰로 최저 매각 가격은 49억까지 떨어졌다. 강남 신축 아파트 한 채 값이다.

"입찰하실 분?"

집행관이 건조하게 물었다. 법정 안의 적막. 나는 천천히 손을 들었다. 이번엔 훔친 슈트가 아니다. 내 돈 주고 산, 몸에 딱 맞는 청바지에 흰 티셔츠 차림이다. 그리고 발에는 깨끗하게 빤 나이키 러닝화.

나는 앞으로 나갔다. 입찰표를 냈다. 이번엔 0원을 쓰지 않았다. 정확히 49억 100원. 최저가에서 100원 더 썼다. 예의상.

"개찰합니다. 입찰자 1명. 강진혁."

"낙찰."

망치가 두드려졌다. *땅, 땅, 땅*. 허무할 정도로 간단하다. 3개월 전에는 목숨을 걸어야 했던 일이, 이제는 쇼핑하듯 끝났다.

나는 법원을 나왔다. 봄 햇살이 눈부시다. 정문 앞에 검은색 카니발이 대기 중이다. 수리해서 말끔해진 차. 운전석 창문이 내려가고 마동철 형님이 선글라스를 낀 채 씨익 웃었다.

"샀냐?"

"샀죠. 아주 싸게."

"타라. 이사 가야지."

뒷좌석에는 수현 누나, 가온이, 예은 씨가 타고 있었다. 다들 표정이 밝다. 소풍 가는 얼굴들이다. 나는 조수석에 올라탔다.

　"형님, 트럭들은요?"

　"먼저 보냈다. 애들이 몸이 근질근질하다네."

　성북동 330번지. 높은 담장은 그대로지만, 주인은 바뀌었다. 대문 앞에 붙어 있던 '폴리스 라인' 테이프는 너덜너덜해져 있었다. 나는 대문 앞에 섰다. 3개월 전, 담을 넘고 총을 피하며 도망쳤던 곳. 이제는 당당하게 들어간다.

　주머니에서 열쇠를 꺼냈다. 법원에서 잔금 납부하고 받아온 정식 열쇠다. 철컥. 녹슨 자물쇠가 풀리는 소리가 경쾌하다. 끼이익 소리를 내며 대문이 열렸다.

　"와… 다시 봐두 으리으리하네."

　가온이가 혀를 내둘렀다. 정원에는 잡초가 무성했다. 3개월 방치된 흔적이다. 하지만 본관 건물은 여전히 위압적이었다. 민태석의 욕망이 응축된 성처럼 보인다.

"자, 다들 장갑 끼세요."

내가 목장갑을 나눠줬다.

"오늘 미션은 심플합니다. 민태석의 흔적 지우기. 비싼 거, 번쩍거리는 거, 재수 없는 거. 싹 다 갖다 버립니다."

"오케이, 접수."

마형님이 어깨를 풀었다. 그때, 언덕 아래서 1톤 트럭 세 대가 흙먼지를 일으키며 올라왔다. 트럭 짐칸에서 청년들이 우르르 뛰어내렸다. 20명? 아니 30명은 된다. 마담 최의 인력 사무소에서 노예처럼 일했던 그 친구들. 그리고 내가 도와줬던 전세 사기 피해자들. 예은 씨가 뉴스레터에 '이사 봉사 모집' 공지를 올리자마자 달려온 '팀 러닝'의 특별 멤버들이다.

"대표님! 저희 왔습니다!"

"오함마 가져왔습니다! 뭐부터 부술까요?"

눈빛들이 살아있다. 더 이상 피해자의 눈이 아니다. 승리자의 눈이다. 나는 손짓했다.

"일단 저 현관에 있는 샹들리에부터 떼자. 전기세 많이 나온다."

본격적인 명도(明渡)가 시작됐다. 용역 깡패들이 들이닥쳐 세간살이를 집어 던지는 그런 명도가 아니다. 진짜 주인이 가짜 주인의 쓰레기를 치우는 대청소다.

우당탕! 수천만 원짜리 이탈리아 소파가 정원 잔디밭으로 던져졌다. 페르시아산 카펫이 먼지를 일으키며 끌려 나왔다. 민태석이 아끼던 앤티크 도자기? 마 형님이 "이거 짝퉁이네"라며 실수인 척 깨트렸다. (일부러 그런 게 확실하다.)

나는 안방으로 들어갔다. 드레스룸. 비밀의 방이 있던 곳. 거울 문은 3개월 전 마형님이 박살 낸 그대로 흉물스럽게 뚫려 있었다. 안쪽 밀실은 텅 비어 있었다. 살인 상부도, 피 냄새도 사라졌다. 경찰이 증거물로 다 가져갔으니까.

"여긴 창고로 쓰면 딱 이겠네. 김치냉장고 넣자."

뒤따라 들어온 수현 누나가 코를 찡긋하며 말했다. 그녀는 트렌치코트 소매를 걷어붙이고 있었다. 먼지가 묻는 것도 신경 쓰지 않았다.

"누나, 변호사가 이런 거 해도 돼?"
"수임료 대신 몸으로 때우는 거야. 그리고 나, 스트레스 풀 곳이 필요했어."

수현 누나는 민태석의 옷장에 걸려 있던 명품 슈트들을 한 묶음씩 꺼내 창밖으로 내던졌다. 스트라이크. 어깨가 좋다.

2시간 후. 집이 텅 비었다. 화려한 가구들이 빠져나가니, 집은 생각보다 넓고, 또 생각보다 평범했다. 그냥 콘크리트 덩어리였다. 사람이 안 살면 집이 아니라는 말이 맞다.

"밥 먹자!"

마형님이 소리쳤다. 정원 잔디밭. 민태석이 쓰던 6인용 대리석 식탁(너무 무거워서 못 버렸다. 그냥 쓰기로 했다.)과 신문지를 깔아놓은 바닥. 중국집 배달 오토바이 다섯 대가 줄지어 들어왔다. 성북동 배달 역사상 최대 규모일 거다.

"짜장면 30그릇, 탕수육 대자 10개! 군만두 서비스 많이 요!"

철가방이 열릴 때마다 환호성이 터졌다. 우리는 바닥에 둘러앉았다. 수천억 자산가들이 와인을 마시던 정원에서, 우리는 7천 원짜리 짜장면 비닐을 벗겼다. 김이 모락모락 난다. 나무젓가락 쪼개는 소리가 딱, 딱, 리듬감 있게 울렸다.

"잘 먹겠습니다!"

후루룩. 쩝쩝. 세상에서 가장 경박하고, 가장 맛있는 소리. 나는 단무지를 씹으며 저택을 올려다봤다. 이제야 사람 사는 집 같다.

"그래서, 이 집 어쩔 거야? 강 대표가 지낼 거야?"

입가에 춘장을 묻힌 마 형님이 물었다. 나는 고개를 저었다.

"저 혼자 살기엔 너무 커요. 청소하기도 힘들고."

"그럼?"

"셰어하우스로 돌리려고요. 보증금은 0원, 월세는 관리비만 받고."

주변의 청년들이 젓가락질을 멈추고 나를 쳐다봤다. 예은 씨가 눈을 동그랗게 떴다.

"진짜요? 누구한테요?"

"누구긴. 너희들이지."

나는 짜장면을 비비며 덤덤하게 말했다.

"여기 방 많잖아. 2층은 여자들 쓰고, 1층은 남자들 쓰고. 지하실은… 가온이 너 서버실 해라. 거기 방음 잘 되더라."

"대박! 형, 진짜지? 나 이제 월세 아껴서 컴퓨터 바꾼다!"

환호성이 터졌다. 박수치고 난리가 났다. 수현 누나는 "그래도 법적으로 임대차 계약서는 꼼꼼히 써야 해. 내가 작성해줄게."라며 웃었다. 마형님은 탕수육을 한입에 털어 넣으며 말했다.

"경비는 내가 선다. 어떤 놈도 얼씬 못 하게."

완벽하다. 이 집은 민태석이 훔친 돈으로 지은 성이다. 그러니 주인에게 돌려주는 게 맞다. 집 없는 청춘들에게.

식사가 끝나고, 다들 배를 두드리며 잔디밭에 누웠다. 하늘이 파랗다. 구름 한 점 없다. 나는 에어팟 케이스를 열었다. 이번에 새로 구매한 거다.

귀에 꽂았다. 노이즈 캔슬링 On. 하지만 세상의 소리를 완전히 지우지 않았다. 주변 모드. 아이들의 웃음소리, 바람 소리, 그리고 음악이 적절히 섞인다.

플레이리스트를 고른다. 새로운 시작에 어울리는 곡. **가호의 〈시작〉**. ♩ 뺨, 뺨, 빠─밤! ♫ 심장의 엔진이 다시 불을 뿜는다. 이유 없는 고동. 기분 좋은 전율이 발끝에서부터 차오른다. ♪ 둥, 둥, 둥─! ♩ 세상이 만만해 보이기 시작한다.

어떤 장벽이라도 가볍게 뛰어넘을 것 같은 근거 있는 오만함. 리듬에 발을 맞춘다. 새로운 페이지가 열리는 소리. ♬ 파-앗! ♪

비트가 경쾌하게 걷는다. 나는 신발 끈을 고쳐 묶었다. 나이키 알파플라이 3. 밑창이 아직 깨끗하다.

"강 대표, 어디 가?"

수현 누나가 물었다. 나는 제자리에서 가볍게 뛰며 몸을 풀었다.

"오늘도 임장 가야죠. 마포구 쪽에 또 악질 물건 하나 나왔다던데."
"쉬지도 않냐? 진짜 지독하다, 지독해."
"쉬면 실력이 녹슬어요. 금방 다녀오겠습니다."

나는 대문을 향해 달렸다. 등 뒤에서 마형님과 아이들이 손을 흔드는 게 느껴졌다. 속도를 높인다. 바람이 시원하다. 심박수 130bpm. 내 다리는 아직 쌩쌩하다. 서울은 넓고, 나쁜 놈들은 많고, 등기부는 널려 있으니까.

나는 아스팔트를 박차고 날아올랐다. K팝 비트에 맞춰.
나만의 속도로.

Track 22. **성북동 짜장면 파티 (Feat 시작)**

비트가 계속되는 한 (Feat. Super)

알람시계는 전혀 필요 없다. 이 집의 아침은 알람보다 더 강력하고 시끄러운 소리로 시작되니까.

"야! 택배! 내가 잔디 밟지 말랬지?"

정원에서 천둥 같은 고함이 터졌다. 나는 침대에서 눈을 떴다. 높은 천장. 샹들리에가 있던 자리엔 모던한 LED 등이 달려 있다. 창밖으로 햇살이 쏟아진다. 나는 기지개를 켜고 테라스로 나갔다.

아래를 내려다보니, 가관이다. 우락부락한 근육질의 사내, 마형님이 헬로키티 앞치마를 두른 채 택배 기사와 대치 중이다. 택배 기사는 겁에 질려 박스를 들고 뒷걸음질 치고 있다.

"아니, 아저씨… 문 앞에 놓으라면서요……."

"문 앞에 놓으랬지 누가 잔디밭 가로지르래? 이거 내가 어제 심은 거야! 밟으면 죽는다고!"

"죄, 죄송합니다……."

"박스 이리 줘! 던지지 말고! 안에 김치 들었어!"

마형님은 택배 박스를 무슨 폭발물 다루듯 소중히 받아 들었다. 현직 쉐어하우스 관리소장. 그의 주 업무는 정원 관리, 분리수거 감시, 그리고 택배 수령이다. 적성에 너무 잘 맞아 탈이다.

나는 웃으며 방을 나섰다. 2층 복도. 방문들이 열려 있다. 대학생, 취준생, 사회초년생.

민태석에게 전세 사기를 당했던 피해자들이 이제는 입주

자가 되어 살고 있다. 그들의 표정엔 더 이상 그늘이 없다.

"대표님, 굿모닝!"
"오빠, 오늘 면접 보러 가요. 넥타이 좀 봐주세요."
"형! 냉장고에 내 우유 누가 먹었어?"

시끄럽다. 정신없다. 하지만 이 소란이 싫지 않다. 죽어있
던 성이 이제야 숨을 쉬는 것 같으니까.

1층 거실. 거대한 대리석 식탁은 이제 '공용 오피스'가 됐
다. 한쪽 끝에는 차수현 변호사가 앉아 있다. 누나의 앞에는
서류가 산더미처럼 쌓여 있다. 명품 슈트 대신 편안한 카디
건을 걸쳤지만, 안경 너머의 눈빛은 여전히 날카롭다.

"아니, 할머니. 그게 아니고, 그건 민사로 가서야 한다니
까? 며느리가 밥 안 차려준다고, 절대 형사 고소 못 한다니
까요?"

누나는 오늘도 전화기를 붙들고 씨름 중이다.

[무료 법률 상담소].

그녀가 로펌으로 돌아가는 대신 선택한 길이다. 수임료는 0원. 대신 상담 받으러 오는 동네 어르신들이 가져오는 고구마, 김치, 옥수수가 수임료다. 덕분에 우리 집 식량 창고는 터질 지경이다. 알고 보니 누나도 나와 필적할(?) 만큼 경매 고수였던 거다. 일을 안 해도 매달 현금흐름이 상상초월로 많이 들어오더라.

"아, 진짜! 끊어요! 나 바빠요!"

수현 누나가 전화를 꽉 끊고 머리를 쥐어뜯었다. 나를 보더니 인상을 쓴다.

"강진혁. 너 때문이야. 내가 왜 여기서 이러고 있어야 해? 나 태산 로펌 에이스였다고."

"에이, 좋으면서 뭘. 어제 할머니가 준 홍시 맛있게 먹던데요."

"시끄러. 커피나 타와."

그때, 지하실 문이 열리고 좀비 한 마리가 기어 나왔다. 한가온. 다크서클이 턱까지 내려와 있다. 녀석은 지하실 와인 창고를 개조해서 '서버실'로 만들었다. 민태석의 비밀 장부가 있던 그곳이, 이제는 대한민국 젊은 해커들의 성지가 됐다.

"형… 배고파. 밥 줘."
"씻고 와. 냄새나."
"나 어제 씻었어… 아마도?"

가온이가 식탁에 머리를 박고 엎드렸다. 마형님이 정원에서 들어와 갓 배달된 김치를 식탁에 올렸다.

"밥 먹자! 오늘 메뉴는 김치찜이다!"

우리는 식탁에 둘러앉았다. 마형님이 찢어주는 김치찜. 수현 누나가 까다롭게 고른 유기농 쌀밥. 가온이가 몰래 시킨 배달 계란말이. 아침 식사 시간은 전쟁이다. 서로 맛있는 부위를 차지하려고 젓가락이 펜싱 칼처럼 부딪힌다.

"야! 고기 내 거야! 내가 구웠어!"

"형님은 다이어트 안 해요? 야채부터 드세요."

"강진혁 너, 월세 대신 설거지하기로 했지? 오늘 네 당번이다."

"아, 나 오늘 임장 가야 되는데."

"핑계 대지 마. 설거지 안 하면 다음 작전에 가온이 안 빌려준다."

투닥—거리는 소리. 밝은 웃음소리. 창밖으로 보이는 성북동의 풍경은 사람 냄새가 난다. 민태석은 구속됐고, 그의 꼬리들도 줄줄이 엮여 들어갔다. 세상은 아주 조금은 깨끗해졌고, 우리도 딱 그만큼만 더 단단해졌다.

식사를 마치고 커피를 마실 때였다. 갑자기 내 폰이 울렸다.

[김민재 중위님].

강화도 낚시터에 은둔 중인 나의 멘토.

"충성. 아침부터 웬일이십니까?"

[강 중사. 잘 지내냐?]

"네. 아주 잘 지냅니다. 지금도 김치찜 먹고 배 두드리는 중입니다."

[팔자 좋네. 근데 어쩌냐? 소화되기 전에 뛰어야 할 것 같은데.]

김민재의 목소리가 낮아졌다. 본론이다.

[김포 쪽 물류센터. 경매 나온 게 하나 있어. 근데 권리 관계가 좀 복잡해.]

"얼마나 복잡한데요?"

[유치권 신고만 300억. 점유자는 중국 삼합회 계열의 하청 조직이야.]

"삼합회? 우리나라에 그런 게 있어요?"

[어. 거기서 밀수품 보관 창고로 쓰고 있다는 첩보가 있다. 경찰도 함부로 못 건드리는 구역이야. 근데 거기… 갇혀 있는 사람들이 좀 있는 것 같다.]

갇혀 있는 사람들. 그 한 마디에 내 심장이 반응했다. 130bpm. 아드레날린이 돌기 시작한다.

"재밌겠네요. 사이즈가 딱 우리 스타일인데."

[위험해. 민태석보다 더 독한 놈들일 수도 있어.]

"걱정 마십쇼. 저 업그레이드됐거든요."

전화를 끊었다. 나는 자리에서 일어났다. 마형님, 수현 누나, 가온이가 동시에 나를 쳐다보았다. 말하지 않아도 안다. 내 눈빛이 변했다는 걸.

"디저트 먹었으면 이제 일하러 가야지?"

내가 씨익- 웃었다. 마형님이 앞치마를 벗어 던지며 근육을 풀었다.

"아, 소화 좀 시키려나 했더니. 어디냐? 몽키스패너 챙길까?"

수현 누나가 안경을 고쳐 쓰며 서류 가방을 챙겼다.

"국제 조직이면 국제법도 좀 봐야겠네. 수임료는 더 세게

부를 거야."

가온이가 노트북을 닫으며 일어났다.

"중국어? 나 중국 서버 우회는 전문이지. 따거들 털러 가
자."

완벽하다. 이 팀은 미쳤다. 그래서 좋다.

나는 현관으로 나갔다. 신발장. 새로 산 러닝화가 놓여 있
다. 나이키 알파플라이 3. 형광색이 눈부시다. 발을 밀어 넣
었다. 끈을 꽉 조였다. 발끝에서부터 전해지는 탄성. 달릴
준비는 끝났다.

나는 주머니에서 에어팟 케이스를 꺼냈다. 뚜껑을 열었
다. '콩나물' 두 개를 귀에 꽂았다. 노이즈 캔슬링 On. 세상
의 잡음이 사라지고, 오직 나와 비트만이 남는다.

플레이리스트 선택. 새로운 미션, 새로운 적, 그리고 더
강력해진 우리 팀. 이 분위기에 딱 맞는 곡이 있다.

세븐틴(SEVENTEEN)의 〈손오공 (Super)〉. 둥, 둥, 둥— 콰
앙! 중력을 거스르는 거침없는 도약. 구름 위를 가로지르는

전설 속 영웅이 내 몸에 빙의한 듯한 착각이 든다.

둥, 둥, 둥. 강렬한 드럼 비트가 심장을 때린다. 에너지가 폭발한다. 나는 현관문을 열었다.

"다녀오겠습니다!"

나는 아스팔트 위를 박차고 나갔다. 마형님의 카니발이 굉음을 내며 내 뒤를 따라온다. 바람이 시원하다. 서울은 넓고, 잡아야 할 놈들은 아직 많다.

하지만 상관없다. 내 심장은 멈추지 않고, 내 다리는 지치지 않고, 내 귀에는 항상 최고의 비트가 흐르고 있으니까.

우리는 여전히 계속 달린다. 음악이 멈추지 않는 한.

(끝)

특별 부록

강진혁의 전세사기 방지
1타 특강

"소설은 권선징악으로 통쾌하게 끝났지만, 여러분의 보증금은 반드시 지켜내야 할 현실입니다." 사기꾼들의 등기부를 끝까지 추적하는 강진혁이 제안하는 전세 사기 방지 핵심 특강입니다. 실전 계약 현장에서 바로 활용하실 수 있도록 S급 정보만 모았습니다. 잠시만 집중해 주십시오.

1교시

사기꾼의 가면을 벗기는 '계약 전 필터링'

- [ ] **집주인 본인 확인은 백 번 강조해도 부족합니다** : 반드시 실소유주 본인과 대면 계약하십시오. 대리인이 출석했다면 인감증명서와 위임장 확인은 물론, 집주인과 직접 영상통화를 하여 **신분증 사진과 실제 얼굴을 대조**하는 꼼꼼함이 필요합니다.

- [ ] **세금 완납 여부가 집주인의 인격입니다** : 국세나 지방세를 미납한 집주인은 나중에 보증금 반환 능력도 없을 확률이 매우 높습니다. 당당하게 '미납국세열람'이나 '완납증명서'를 요구하십시오. 이를 거부한다면 그 집은 경매의 위험이 있는 곳입니다.

- [ ] **내 순서가 몇 번째인지 확인하십시오** : 다가구 주택의 경우, 나보다 먼저 들어온 세입자들의 보증금 총액 (선순위 보증금)을 반드시 파악해야 합니다. 내 보증금이 안전하게 보호받을 수 있는 순위인지 확인하는 것이 핵심입니다.

- [ ] **빌라 · 오피스텔 계약 시 'HUG 보증보험'은 생명줄입니다** : 아파트와 달리 시세가 불투명한 빌라나 오피스텔에서 보증보험 가입이 거절되는 집은 아무리 예뻐도 '시한폭탄'과 같습니다. 국가가 보증을 거절한 집이라면 여러분도 재산을 걸고 도박하지 마시고 과감히 발걸음을 돌리십시오. (단, 고액 아파트 전세 등 보험 가입이 어려운 경우 '전세권 설정' 등의 대안을 반드시 강구하십시오.)

2교시

사기꾼을 꼼짝 못 하게 만드는 '필살 특약'

계약서 하단의 특약란은 여러분의 재산을 지키는 가장 강력한 법적 방패입니다. 아래 문구를 **그대로** 기재하시길 권장합니다.

1. [대항력 수호 특약]

"임대인은 임차인이 전입신고와 확정일자를 받은 **익일 (다음 날) 24시까지** 해당 부동산에 대해 저당권 등 새로운 권리를 설정하지 않는다. 이를 위반할 경우 본 계약은 즉시 무효로 하며, 임대인은 계약금의 배액을 배상한다."

2. [매매 시 사전 통보 및 해지권]

"임대인이 본 주택을 매도할 경우 반드시 임차인에게 사전에 통보해야 하며, 임차인이 임대인 승계에 동의하지 않을 경우 즉시 계약을 해지하고 보증금을 반환한다." (바지사장에게 집을 넘기는 수법 방지)

3. [체납 사실 발견 시 해지권]

"임대인은 계약 체결 당시 고지하지 않은 미납 세금이 없음을 확인하며, 잔금 지급 전까지 체납 사실이 확인될 경우 임차인은 즉시 계약을 해지하고 계약금을 반환받는다."

3교시

도장을 찍은 후의 '마지막 잠금장치'

- [ ] 주민센터 '오픈런'을 권합니다 : 잔금을 치르자마자 전입신고와 확정일자를 받으십시오. 이는 여러분의 돈을 지켜줄 가장 강력하고도 저렴한 보험입니다.

- [ ] 보증금을 안 준다면 '임차권등기명령' : 만약 계약이 끝났는데도 보증금을 돌려주지 않는다면, 절대로 그냥 이사 나가지 마십시오. 법원에 신청하여 등기부등본에 [보증금 미반환 사실]을 명확히 공시(박제)해야 대항력이 유지됩니다.

강진혁이 경고하는 '사기꾼의 위험 신호'

1. **"시세보다 훨씬 저렴한데, 지금 바로 계약 안 하시면 금방 나갑니다."** (조급함을 유발해 판단력을 흐리게 합니다.)

2. **"집주인이 너무 바쁘신 분이라 제가 전적으로 대행합니다."** (신분 확인을 회피하려는 전형적인 수법입니다.)

3. **"이사비 넉넉히 지원해 드릴 테니 전입신고만 딱 이틀 뒤에 해주세요."** (그 이틀 사이에 여러분의 보증금보다 앞선 대출이 실행될 수 있습니다. **절대 금물입니다.**)

자, 오늘 특강은 여기까지입니다. 이 부록 가이드가 여러분의 소중한 재산을 지키는 든든한 지식 보호막이 되기를 진심으로 바랍니다. 법의 테두리 안에서 스스로를 지키는 지혜가 가장 강력한 무기입니다. 여러분의 안전하고 현명한 부동산 거래를 언제나 응원하겠습니다.

K팝 듣는 경매꾼
전세사기 응징자들

초판 1쇄 발행 | 2026년 3월 3일
지은이 | 문준희
펴낸이 | 문준희
디자인 | 공간42
출판사 | 문메달 북스
출판등록 | 제2025-000202호
주소 | 경기도 파주시 한마음2길 48-18 3층 302-A5호
홈페이지 | moonmedal.com/books
이메일 | ceo@moonmedal.com
ISBN | 979-11-996762-0-6(03810) 정가 | 16,500원

탱크옥션 1개월 무료쿠폰 사용 방법

❶ 책 뒷날개 QR코드 – 휴대폰으로 스캔

❷ [탱크옥션 회원 가입] 후 쿠폰 발급을 위한 휴대폰 번호 인증

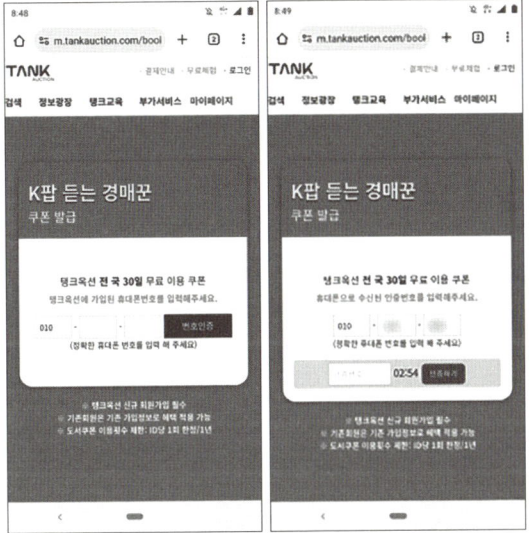

❸ 쿠폰번호 복사

❹ [탱크옥션] 로그인 → 마이페이지

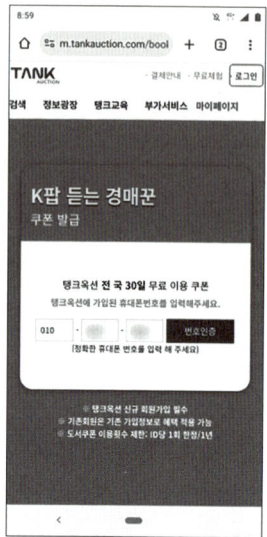

❺ [쿠폰등록] 버튼 클릭 → 내 쿠폰 입력 후 [등록]

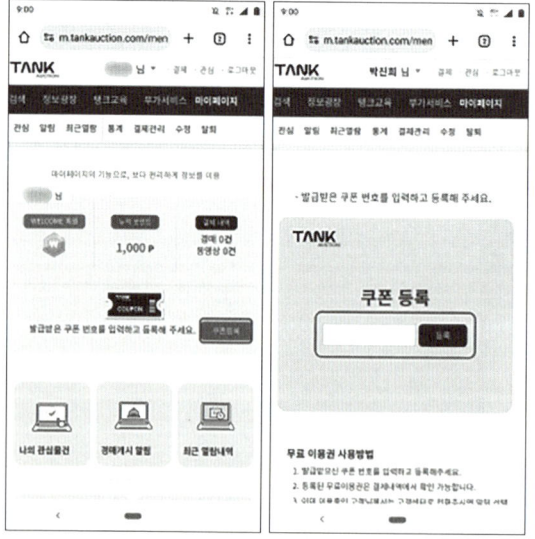